爱丽丝漫游70后

梦亦非 著

上海三联书店

序

70后诗人的兔子尾巴长不了

赵 卡

这可能是梦亦非最不按常理出牌的一次,当然,一直以来,梦亦非不按常理出牌的次数多了,在我的印象中,他总是信口开河却又乐此不疲。刘易斯·卡洛尔的《爱丽丝漫游奇境记》我没看过,借着梦亦非的这部《爱丽丝漫游70后》,我大致猜个八九不离十。这是一部没正形儿的专题理论批评,它研究的对象是这些年没等火起来便过了气的70后诗人——这是一群掉进兔子洞却找不着方向的兔子,套用一句俗语说便是,70后诗人的兔子尾巴长不了。

梦亦非开篇就提到了那个老生常谈的问题:70后诗人的合法性。他以一种嘲讽的语气断言70后的诗人们"仍然在为自身的存在找证明,为自身的'合法性'而感到焦虑",似乎一下子就掐中了70后诗人们的要害。是的,在为身份危机的论辩深处,70后诗人的合法性总是先于他人被自身怀疑。其实,1999年出版的《外遇》"中国70后诗歌版图"中诗人潘漠子早就为70后诗人的合法性作了定位,他的宣言便是:"你不给我位置,我们坐自己的位置,你不给我历史,我们写自己的历史。"这一历史性的切割为此后的70后诗歌运动强行撕开了一道耀眼的帷幕,原先藏在帷幕后面吃早点的、化妆的、呻吟的、撒泼的、骑墙的、茫然无措的70后诗人忽然暴露在公众面前,他们仿佛如梦方醒般地突然杀向了诗歌史的大舞台纷纷亮相。

"70后贡献了哪些新的美学法则?70后提供了哪些写作的可能性?70后何以成为70后?"这是梦亦非提出来的公共问题,绝非一时心血来潮,他经过粗略的梳理后就得出了答案:"70后只变成一种形状:长成了前辈们的年轻版与进化版。"这种否定式的答案一语中的,因袭的前辈们当然是朦胧诗、第三代、口语诗和知识分子写作。如果确如梦亦非所言,诗歌评论家霍俊明先生的命名应该是准确的,"尴尬的一代"。但梦亦非显然很不满这个带有歧视意味的命名,他的新命名是"返真的一代"。这个"真"是海德格尔概念里的"本真","所以他们是'返真'的一代,返回生活的真实、返回事物的真相、返回写作的真诚——这就是返回写作的真途。"只有如此,70后诗人才会变成了"你们的陌生人"。梦亦非作了一个形象的例子,他期待的陌生化如同"乌鸦为什么像一张写字台"。所以他例举了那些在他看来是70后诗群中翘楚的诗人,令我喜忧参半的是竟然还提到了我,虽说我概不承认自己是70后这个组织的人,但梦亦非对我的任何溢美之词我还是很乐意接受的。我不能苟同他的是,他开列的这几个70后诗人不能完全代表一代人写作的意志和风格,为什么?做例子的人数捉襟见肘,连朵渔、沈浩波、广子这些人都能忽略,更遑论女诗人了,得罪美女的下场他是知道的,可见梦亦非的胆大妄为。更肆无忌惮的结论是他认为"整个70后在文本上的最大问题是:缺乏典范性文本。"哈意思呢?就是说70后诗人缺乏名篇,这个倒是事实,但个人以为这里面有偏颇的一面,窃以为70后诗人缺乏名篇和时代风尚、传播机制有关,消费主义的崛起不可避免的导致了诗人和诗歌读者的双重消亡。

将自己的犀利观点负载在《爱丽丝漫游奇境记》这样一部书上,我认为梦亦非的表演成分太大了,比如他的那个什么云山雾罩的"半鹰半狮兽"论,他对自己的汉大赋式史诗写作的夸饰,他对西楚的大而无当的赞扬,"他是兰波式的才子,天生就是写诗的英俊诗人,诗人分两种,一种是修炼成的后天的诗人,70后诗人绝大多数是这一类,另一种命定会写下优美诗歌的诗人,西楚就是这一种。"如此夸张的行文,肯定让那

3

些受过学院派影响的人士嗤之以鼻,批评的随意必然导致学术观点的不严谨,就算梦亦非不理这个茬儿,我也不能生出怂恿他继续胡搞下去的念头。因为,我还没看出来他是拉伯雷的信徒,至少,他也不是在埃伯利街谈话的乔治·摩尔。每一个诗歌批评家的文字里都隐藏着他对诗歌的独到的理解,梦亦非的特立独行不知今后还会继续否?

因为这部书,引起了梦亦非和诗歌批评家霍俊明先生的半场笔仗。皆因霍俊明对70后诗人"尴尬的一代"的命名引致梦亦非的不满,他说:"这些年来一直有一种丑化70后、否定70后的坊间言论,包括那只坐在神奇蘑菇上抽水烟的毛毛虫,也写了本支离破碎的书来丑化70后,爱丽丝没读过那本书,她只在公爵夫人的厨娘用来烧火时见过那本书,封面上题着'尴尬的一代'五个字。爱丽丝不同意这个称呼,她认为不是尴尬的一代,而是'返真'的一代。"引得霍俊明大为光火,他认为梦亦非对他观点的歪曲纯属抹黑,故在给梦亦非的一封公开信索性就以《是谁在给"70后"抹黑?》为题,历数梦亦非批评的不严谨和随意性;随之,梦亦非以《向〈抹黑〉一文学习抹黑的绝技》进行了反击,然后这场笔仗没等演绎到精彩之处就草草落幕。这也是一代人总不出彩的地方,有开头,没结尾,按梦亦非的话说,"两个评论者之间的鸡零狗碎",兔子的尾巴长不了，让看客们兴味索然。

　　毋庸置疑，这是一部奇特的由碎片式引文和极端个人化观点构成的批评文本，有点自恋和狂傲，有点不正经，兴至所处难免说些嘴里跑火车的话；他放肆地生搬硬套了一些引文，本雅明式的戏仿，特别是对孙磊和蒋浩的评述。但我们不能无视梦亦非的打破诗学批评传统的勇气，他不讲究技术的平衡，也不考量人际间的权谋，作为一个理想主义者，他以非凡的胆识挑衅了批评领域里的学院式话语权威，这正是我们需要足够正视的风度。

5

目　录

1

1

第一章　爱丽丝和她的兔子

也不知道是因为那口井太深，还是因为她落地太慢，她居然有足够的时间东张西望，还有时间猜测下一步会发生什么事。首先，她朝下面望去，想看清楚自己会掉到什么地方。可是，下面黑得什么也看不见。接着，她又朝井壁望去，只见井壁上排满了橱柜和书架，有的地方还挂着地图和图画。

这是刘易斯·卡洛尔的名著《爱丽丝漫游奇境记》中，爱丽丝掉进兔子洞的过程。但我在这里想谈的不是这部因为电影而重新勾起人们兴趣的童话，我要谈的是70后：70后诗人，70后诗歌。

70后是什么？或者什么是70后？

在登上诗坛十年之后，70后的诗人们仍然在为自身的存在找证明，为自身的"合法性"而感到焦虑，就像那些依靠不正当手段登上政坛的政客，总是听不得别人对自身的质疑，甚至会以极端而可笑的方式申明、暗示自己的合法性。其实外部早就视其合法性为不见、为伪问题，但其自身仍然自我疑神疑鬼，自我为合法性问题而感到焦虑。

在70后诗人的文章中，言论中，这种身份的危机感一直在延续。"2008中国70后诗歌论坛"与"2009中国70后诗歌论坛"上，身份的合法性从来都是一个热门话题，诗人们就如同掉进了兔子洞的爱丽丝。也许是70后这口井太深，或者因为诗人们落地太慢，所以"居然有足够的时间东张西望，还有时间猜测下一步会发生什么事"。他们最想干的就是"想看清楚自己会掉到什么地方"。但历史就像那口深井，"黑得什么也看不见"。诗人们失望了。这几句是非常好地对70后现状描述的暗合，"只见井壁上排满了橱柜和书架，有的地方还挂着地图和图画。"这就是70后的生活,书架是他们的来源与归宿,那地图则意味着他们的失去方向感,那图画呢,则代表着对未来的想象。

　　爱丽丝掉啊,掉啊,掉啊。难道永远也到不了尽头?"真不知道我已经落了多少里啦,"她大声说道,"准是快到地球的中心啦。我想想,那可有四千里呢,我想……"。

最后爱丽丝终于掉到了底部,

　　正在这时,只听"扑通"一声,她落到了一堆干枯的枝叶上,终于掉到底了。

　　登上诗坛十年后的 70 后诗人们就如同爱丽丝一样,人是到底了,但不知道自己为何会到这里,自己身在何处,更可怕的是那只引她掉下来的兔子消失掉了,"她拐弯的时候,离兔子挺近的,可是兔子一眨眼不见了。"在 70 后的深井中,诗人们是爱丽丝,兔子是谁?

　　兔子是提出了 70 后概念的始作俑者陈卫,"始作俑者,其无后乎,"数千年前孔子老人家就预见到陈卫只提概念,后面就没下文了。兔子是 70 后概念的深化者安石榴潘漠子们,弄了两期《外遇》,将 70 后的诗人

3

们集结起来，然后，就没有然后了，正如爱丽丝与兔子的"外遇"。兔子是黄礼孩与《诗歌与人》，这本杂志出发点之一是做70后，但做了两期专号、出了两本选集之后，十年来黄礼孩再没光顾过70后的兔子洞。

兔子不见了，但爱丽丝却还在井底，这可是件麻烦事。

于是，爱丽丝们变成了《黑客帝国》中那个在打败乌贼后莫名其妙地出现在地下火车站中的救世主尼奥。不知从哪里来，也不知到哪里去，那走私的列车也不会带走自己。

5

第二章 柴郡猫的笑

"好吧,既然你能来到这里,你也就能出去。"救世主尼奥对自己自言自语,在走私的列车开走之后,他跳下站台,沿着地下铁路往黑暗中奔跑。

70后的诗人们也在奔跑。

方式有两种:一种是拒绝自己是70后,声明自己不是所谓的70后,这是最常见的一种方式,就像朦胧诗人们过了几十年之后,一直诲人不倦地声明自己不是朦胧诗人；另一种方式是虽然不承认"70"后这个命名，但有如生米被煮成了熟饭的小媳妇，长叹一声，认了！虽然认了，但却要表明气骨似的嘟囔一句"我是被强迫的"。

再有就是拼命往70后的兔子洞中掉的后来者或边缘者，只可惜种种选本或专题的兔子洞太小，他们使劲掉也掉不下去，最后被卡在洞口下不去上不来。

掉进兔子洞中的70后诗人们真的不喜欢兔子洞？不喜欢奇境漫游？当然不是，他们很喜欢，非常喜欢。"1999·中国'70后诗歌版图"，也就是《外遇》第四期，"兔子"之一的诗人潘漠子说：

> 你不给我位置
> 我们坐自己的位置
> 你不给我历史
> 我们写自己的历史

这是什么意思呢？我们换一下名词就好理解了，"你不给我兔子洞，我挖自己的兔子洞；你不让我下去兔子洞，我自己掉进兔子洞"。这样去理解这篇70后的诗歌宣言，就非常到位非常恰当了。新旧世纪之交，70后的诗人们最老的已经三十岁，最年轻的也有二十四五岁（1976 年后的"爱丽丝"是被排除在洞外的），如果不抓紧时间掉进兔子洞，那就一辈子只能在无聊的世界上晃来晃去了。

　　好吧，如果你读到这里厌烦了无所不在的兔子洞（让你脚下发软吧），我们换个比方，70 后的诗人们在餐桌旁站了很久，从上午九点站到中午一点，发现还没轮到自己入席，前几代的诗人们：朦胧诗人、第三代、知识分子……一直闹哄哄占着桌子，享受着美食，而自己只有站在旁边偷偷地咽口水的份，最后那喉结也抗议了，70 后发现这场盛宴是一场流水席，没有开始也没有结局的，更妙的是它没有主人，于是，70 后便心虚地在前辈中间找了几张桌坐下来，坐下来后，发现自己一直随身带着好酒好菜……他们就此加入了诗歌史的流水席中。

　　但与前辈诗人们是在千呼万唤（朦胧诗）、掀桌子（第三代）而获得入场资格不同，70 后毕竟是自己坐下来的，所以始终心虚，始终怀疑自己的身份。

　　那么，站在餐桌旁的一代变换身份，成为坐下来的一代的诗人们，为何对"70 后"这个餐桌上的标签不满意呢？这仍然是基于对自身合法性的怀疑：这标签是自己贴上去的，不是宴会的主人贴上去的。对这个标签的两种态度，拒绝型的：有好门路好关系坐到前辈诗人桌上去的，对自己被贴上这个标签非常不满意，

"小样，爷不是跟你们一桌的"。半推半就型的呢？"好吧，就算我是 70 后，那也是被贴上去的，与我无关。"

可是，为何 70 后的标签让人不喜欢呢？"70 后"只是一个中性词，以出生的时间为划分的标志，你出生在这特定时间段你就是我们的人。再没有比这种命名方式更偷懒了吧，还比不上中国行政区域的命名，地名再差也能引起人的联想或想象，而"70 后"则是一个死词，不指向、不联想、不想象，略好于无。就如同一队人马稀稀拉拉地杀将过来，举着一面旗子，大旗上面书"大旗"二字。"70 后"因此不是一个诗学群体，也不是一个流派，更非一种写作方式的命名。"好吧，我们要入席，所以我们的代表们要有个标签统一称呼，不知道称什么好，既然我们都是从 70 年代生出来的，就叫'70 后好了'"，仿佛听到命名者这样不自信的嘀咕。

但后现代主义特质是：戏仿、重复、消解。生不逢时，70 后也被"后现代主义"了一把。70 后之后，学习 70 后的这种毫无创意的命名方式，又出现了两次命名：中间代、80 后。中间代是什么？出生于 60 年代后期在第三代时未成名、步入 90 年代后方有些影响的那些"下脚料"的诗人。80 后，这个不用解释，用肚皮都能想得清楚：出生于 80 年代的诗人。很显然，这两个晚于 70 后的命名直接对 70 后釜底抽薪,本来就不精彩的命名,被戏仿、被重复,因此被消解。什么是 80后,如果说 70 后是自己找了空桌子坐上去,80 后则是在宴席场地之外,猫三狗四地搭了几张土台子,学着70 后歪歪斜斜地贴上标签"80 后",坐下来才发现:前辈们没谁理自己,没人给自己上菜,自己干脆就没有带酒带菜,于是,成了"餐厅外路过的一代"。在 80 后这种解构性的存在的对比之下,70 后越发虚无起来,起初还有个标签,有杆大旗,等 80 后这样一搞,70 后发现那标签让自己惭愧,发现那旗子早就碎成了抹布,在风雨中只有个模糊的影子。这让我想起什么?我想起了柴郡猫的笑。

《爱丽丝漫游奇境记》中的那只柴郡猫突然出现,吓了爱丽丝一跳,

　　"我希望你别那么突然一会儿出现,一会儿消失,把人搞得晕头转向",爱丽丝说。
　　"好吧。"猫儿说。这一次,它消失得挺缓慢,先从尾巴开始,最后是嘴巴上的微笑,那个微笑在它的身体消失后很久才消失掉。

"70"后的命名,成了柴群猫的笑。
内忧外患,内忧外患啊,70 后的身份认同危机便

一直存在着。想想那地下铁中的救世主尼奥吧，无论往铁轨的哪端跑，最后都会发现又回到了出发的地方：明亮得让人绝望的空无一人的站台。

11

第三章 乌鸦为什么像 一张写字台

我们继续来讲爱丽丝的故事吧，这回讲的是疯狂的茶点。吃茶点的是一只叫做"三月"的兔子、帽子匠、睡鼠和爱丽丝。

那张桌子很大，但三月兔、帽子匠和睡鼠挤在桌子的一角，看到爱丽丝走来，他们就喊起来："没地方啦,没地方啦。"但爱丽丝恼火地说:"有的是地方!"说完就在桌子上首的一把大扶手椅上坐下来。

请原谅我的啰唆,但我觉得这部分的故事非常符合70后诗人与前辈们关系的处境,你明白我的意思,至少你要假装明白我的意思,这样我讲起故事时才会"指桑骂槐"。

"喝点酒吧。"兔子邀请说。

爱丽丝朝桌子上看,上面除了茶什么也没有。"哪儿有酒?"她狐疑地问道。

"根本就没有酒。"兔子说。

(中国诗歌界本来就没有利益,但一代代的诗人们却到这没有利益的地方来争权夺利。)

"那你请我喝酒不是太不礼貌了吗?"爱丽丝生气了。

"可是不请你自来,硬要坐下,不是更不礼貌吗?"兔子说。

(这是70后心虚的原因之一。)

"我又不知道是你的桌子,"爱丽丝说,"这桌子周围能坐很多人呢,远不止三个。"

(所以 70 后是坐下来而不是另起桌子。)

这个疯狂的茶点是什么样子呢?爱丽丝只好自己动手倒了些茶,取了点奶油面包。吃着吃着要换位置。你明白我的意思吧?这下午茶是永不结束的盛宴,围在桌旁的茶客不断挪动位置就行了,像不像诗歌界?可是为什么要换位置呢?这一次是帽子匠想要个干净的杯子,所以"我们往前挪动一个位置吧"。

他说着就往前挪了一个座位。那睡鼠也跟着他挪动。兔子最后挪,坐在睡鼠刚才坐过的座位上,爱丽丝只好坐在兔子刚才坐过的地方,心里满是不情愿。

(好吧,我们来比喻一下,帽子匠是归来者诗群,睡鼠是朦胧诗人,兔子是第三代,爱丽丝就是 70 后了。)

刘易斯·卡洛尔写道:

从这次更换中得到好处的只有帽子匠一个人。而爱丽丝比刚才更糟,因为兔子在挪动的时候把牛奶打翻在他的盘子里了。

　　因为大家都要继承前一轮的衣钵，所以70后只好继承了上一代留下来的糟糕的社会现状与文学现状。瞧瞧我说到哪了，我本来想说，所以爱丽丝只好接受了兔子留下来的脏盘子。

　　这就是十年来，70后在进入"疯狂的茶点"之后的真实状况。

　　爱丽丝绝不是兔子洞世界中重要的角色，她总是晃来晃去，甚至很少有人注意到她的存在。70后也一样，很少有人注意到他们的存在，结果如同黄金明的诗中所写的那样：我是你们的陌生人。

　　爱丽丝的故事不是我瞎编的，我是从《爱丽丝漫游奇境记》中抄来的，如果与你看的3D电影《爱丽丝漫游奇境》不一致，那别怀疑我，要怀疑你去怀疑卡洛尔好了。70后诗人黄金明的一首诗开头这样这写：

那些到处打听我的人并不认识我
那些诋毁我的人否认我的存在
那些自称是朋友的人从未见过我
对于你们来说，我是陌生人

我来了。我就在你们身旁
我从未离开。但你们没有看到我

这个"我"的处境，就太像爱丽丝在兔子洞中的处境啦。为何70后诗人无法获得前代诗人那种成功呢？从社会知名度上到诗歌成就上。

在疯狂的茶点中，帽子匠说："乌鸦为什么像一张写字台？"

"我当然知道，"爱丽丝连忙回答，"至少……至少我说的就是我心里想的……反正是一码事，你知道了吧。"

乌鸦为什么像一张写字台？70后为何"我是你们的陌生人"？你知道了吧？

不知道？那请听下回分解。

第四章　爱丽丝的变形记

　　为何 70 后诗人成了"陌生人"？这种"陌生化"的效果从何而来？陌生化，俄国的什克洛夫斯基的定义是："增加感觉的难度与时延。"70 后的陌生是主动获得的效果还是社会给出的效果？

　　在 90 年代之前，中国诗人们获得了历史上最高的影响力，诗人一直是公众人物，成为"巨人"，成为明星，成为那只无所不在的引路白兔。这种形象极像爱丽丝在白兔的房间里喝了药水之后：

> 瓶子里的药水真的让她长大了，而且比她预料的快，她还没喝完一半，脑袋就碰到天花板上，她赶忙弯下腰，免得把脖子折断……她继续长啊，长啊，没多久，她就不得不跪在地板上，紧接着，这种姿势也挤得不能动弹了，她躺下来，试着用一个胳膊肘顶在门上，另一条胳膊抱住脑袋……她采取的最后的措施是，只有把一条胳膊伸出窗户外面，一条腿向上蹬进烟囱里。

这就是80年代的中国诗人们的形象，归来者、朦胧诗人、第三代诗人都曾经在公众视野中是这样的充塞了历史房间的巨人。这种变形是社会语境所造就的，80年代中国人几乎没有娱乐，不像现在有无尽的娱乐方式可以打发空闲，可以满足好奇心，于是，诗歌作为文学形式中最具表演性的一种，莫名其妙地成了公众娱乐的对象，而诗人，也就顺势成为了那个年代的明星。

90年代之后，经济英雄登上历史舞台，诗歌英雄们黯然下野，或者流亡、或者去商业王国流浪、或者摇身一变混进了国王与王后队伍当中当花匠，将错栽的白玫瑰油漆成红玫瑰，总之，纷纷作鸟兽散。在90年代开始写作并成型的 70 后诗人们，本来指望自己也会成为公众视野中的大侠与明星，但却在迷惘中发现历史的板块正以迅雷不及掩耳盗铃响叮当之势从自己脚下漂走，一代人站在的不是大陆，而是一小片可怜的孤岛。诗歌不再是大众热心的娱乐方式，也不再是吸引他们的脑力体操，就此，诗歌与大众之间的关系变成：从此萧郎是路人。大众迅速地撤离，让诗人不再成为明星，而仅仅是诗人。

有一个脑筋急转弯：小狗为什么会越来越小？

（小狗是不是吃了公众们投到房间里的卵石？房间外的公众们往爱丽丝投掷卵石雨，那些落在地上的卵石变成小蛋糕，她吞下一块蛋糕，发现自己的身体立刻开始缩小，等她的身体小到能从门里走出去时，她就跑出屋子。）

答案是：因为小狗越走越远。所以从视觉上看，小狗就越来越小。

但仍然要修改一下答案才符合诗歌这条小狗的事实。不是小狗越走越远，而是历史板块的漂移得越来越快，大众离诗歌越来越远，所以看起来，诗歌这条小狗越来越小。

站在这群"越来越小"的小狗之中，我一直试图寻找一些答案，比如，70 后贡献了哪些新的美学法则？70 后提供了哪些写作的可能性？70 后何以成为 70

后？但西方三圣之一的奥修早就说过，有问题不一定
有答案，答案没有义务要出现在问题之后，就像爱丽
丝的问题是如何回到正常的生活中去，但她从来并没
有碰到过答案。这篇文章便是试图回答这些问题，但
我知道问题太大而答案太小，甚至答案无法碰到问题
都有可能。这让人想起爱丽丝在房间里吃了小玻璃盒
子中的蛋糕之后的效果，她长得太高，以至于无法碰
到自己的脚。

19

　　"我要把靴子寄给它们，"她想道："多滑稽的
事情，给自己的脚邮寄礼物！包裹上的地址看上
去才古怪呢：

　　壁炉前　炉边地毯上
　　爱丽丝的右脚收

　　　　　　　　　　　　　　　　　爱丽丝寄

啊，天哪，我这是说的什么胡话呀！"

　　如果你有兴趣将这篇嬉皮笑脸的文章（它是评论
吗，爱丽丝？）读到最后，可能你会发现所给出的答案，
就像给自己的脚寄鞋子那样。

　　言归正传，上面是从受众的角度来谈为何 70 后
"矮化"。我接下来从文本的角度谈谈 70 后，文本最具
说服力，至少站在一百年以后来看这一点是正确的。

可是我们谁也无法站到一百年后看现在，除非我们有长颈鹿那样的长脖子。

从文本的角度而言，朦胧诗将中国诗歌三十年以来的真空屋子打碎了一角，涌进来西方浪漫主义、现代主义乃至后现代主义的思想、视角、写作方式，虽然那些不是它的独创，它也只是一个身体力行的二传手，但对中国文化的震动是如此的巨大。于第三代而言，它们有如掉进了爱丽丝泪潭中的动物们：鸭子、渡渡鸟、鹦鹉、小鹰，还有一些奇怪的动物。这些奇怪的动物让80年代的诗歌界更热闹，将这种热闹普及到北京之外的各地，种种创新的写作方式让第三代的文本充满了个性与野心，中国诗歌的写作可能性在这一代人的文本中得到最为广阔的拓展。至今，朦胧诗与第三代的文本，在70后80后这里仍然是教材、教参、范本、抄袭或模仿的对象。

而70后呢？70后在文本上有何贡献？提供了哪些新的写作方式？哪些新的视角？哪些新的审美法则？NO，NO，NO！要说口语写作？那可不是70后新发明，它在第三代时就非常流行了！要说翻译语体写作？它在80年代末的朦胧诗人与第三代中间已经流行！你难不成会认同"下半身"或"垃圾运动"这种拿不上台面的吃大头奶粉长大的弱智写作？它们也不是这一代人中几个不知天高地厚的毛毛虫的创造，他们只不过是将从于坚到伊沙的白痴级流氓习气推到了极端罢了,略高于于坚伊沙,但仍低于日本 AV 或黄色笑话。

所以这一代在文本上是"消费"的一代。

从文本角度而言,70 后一代没有贡献出任何新的审美法则,新的写作方式,或新的文学视角,他们一直做的是消费着从朦胧诗到第三代所提供的写作可能性,努力将前辈们的写作方式进行变形或发扬光大,青出于蓝而胜于蓝。这符合消费社会的要求:起决定作用的不是生产,而是消费,消费决定一切。前辈们提供给这一代人的是一个消费社会,要让后来者在消费社会中从创造的角度而不是消费的角度去生活,那就是悖论了。所以 70 后既很好地做一个茫茫人海中普通的消费者,也很好地做了艺术领域中的消费者——只有消费,谈何创造?

爱丽丝的变形,是用她自己的魔术?不是,她用发明的药品?不是,第一次变形是喝了瓶子中的药水,变小了,因为那瓶子上写着"喝吧"二字,她便像 70 后一样老老实实地喝了。第二次变形是吃了小玻璃瓶中的蛋糕,变高了。第三次是拿了白兔的扇子,变矮了。第四次是喝了兔子房间中的药水,变大了。第五次是吃了卵石蛋糕,变小了。第六次、第七次是吃了蘑菇……反正没完没了地变,因为她看到东西就吃,就如

21

同70后消费掉前辈们的餐桌上剩下的那些东西。只不过爱丽丝变成了种种形状,而70后只变成一种形状:长成了前辈们的年轻版与进化版。

爱丽丝一向不满的是,这些年来一直有一种丑化70后、否定70后的坊间言论,包括那只坐在神奇蘑菇上抽水烟的毛毛虫,也写了本支离破碎的书来丑化70后,爱丽丝没读过那本书,她只在公爵夫人的厨娘用来烧火时见过那本书,封面上题着"尴尬的一代"五个字。爱丽丝不同意这个称呼,她认为不是尴尬的一代,而是"返真"的一代。

何谓真? 真就是爱丽丝变回原来的样子,不再长到脖子高出树林上空让鸽子误以为是蛇,也不再矮到要淹死在自己的泪潭里,更不会小到近乎没有。变回本来的大小叫"真"。返真,就是返回到自己的真实状态、返回真相。

为何说70后是"返真的一代"?

一百年以来,中国诗歌与诗人从来就没有安静地在自己的"故乡"住过,诗人先是充当白话文运动的先遣队,接着成了抗战救亡的敢死队,然后是政治运动的旗手、鼓手、宣传员,70年代后是地下文学运动的救世主,80年代是文化英雄与大众情人。这一百年从来就没有严格意义上的"诗人"。而这些"运动先锋"们所提供的诗歌,虽然内部有着一些纯正的血脉,但效果更多地表现在社会性方面,起着的是宣传、时评、布道的作用,"诗歌是宣言书,诗歌是宣传队,诗歌是播种机"。那些文本是政治运动、社会运动、文化运动的策划后的"文案",而不是"写作"的结果。这些文本也就充当了受众的种种变形药水、变形蛋糕、变形蘑菇。

当政治的潮水退去,文化的幻觉消失之后,槌球之后,爱丽丝站在了国王和王后的审判大会上,不,我想说的是70后诗人们站在了一片真实的历史岛屿上。这片岛屿周围是茫茫的时间之水,脚下是真实的土地,不是政治的巨石阵,也不是文化交叉的花园,那是一片浸透了商业之水的土地,虽然还有泥淖,还有一些腐臭味,但毕竟可以自由地走动,沿着沧海桑田之后留下来的那些小道走动。更重要的是,再没有一重又一重的观众在围观着,期待你表演得更好或表演出错,像那王后躲在爱丽丝背后偷听她的谈话偷看她打槌球。这一代人便可以自由自在地在宽松的语境中写作,这不是一个最好的时代,但绝对是最适合写作的时代,诗歌的功利可能性被抽干,诗人的幻觉被剥除,因此诗歌与诗人都返回到本真的语境中。

在这种语境中,70后诗人不再是变形记中的主人公,不会长成塞满房间的巨人,也不会"下巴跟脚背紧紧贴在一起,几乎张不开嘴巴了",在这种自由的历史语境中,虽然他们尚不习惯在近乎真空的自由中创造,尚在沿着前人的路线行走,但毕竟在百年的新诗史之后,他们开始了纯粹诗歌意义上的前进与创造。所以他们是"返真"的一代,返回生活的真实、返回事物的真相、返回写作的真诚——这就是返回写作的真途。

真正伟大的诗歌写作,在一百年的喧哗与骚动之后,在数代人的迷途与波折之后,终于在这一代人这里开始起步,这一代人尚未写出伟大的纯正的文本,但这种"返真"本身就是通往伟大文本的开端。

而"返真"在习惯了热闹的公众偶尔的话题里,显得如此陌生,当公众的焦点从诗人群体移开,当诗人返回真相与真实、真诚,当文本不够突出时,70后一代便成了"你们的陌生人"。

这就是中国诗歌一百年来的爱丽丝变形记,也是它的返真之途。

这就是"乌鸦为什么像一张写字台"。

第五章　我要拼命摇晃你，
把你变成一只小猫

　　"假如他不再梦到你……"博尔赫斯在他的名篇《环形废墟》用了这一句作题记，这个句子出自刘易斯·卡洛尔的《爱丽丝镜中奇遇记》。在博氏的小说中，"他"努力地做梦，让一个少年在梦中成形，并脱离他的生活到另一个环形废墟中去……在小说的结尾，"他宽慰地、惭愧地、害怕地知道他自己也是一个幻影,另一个人梦中的幻影"。这就是真相。每一个人的存在与命运都是幻影,这大概是博氏想表达的主题,而知道这一点则是真相。

70后作为"返真的一代",返回的是什么? 正是事物的真相、生活的真实、诗歌的真诚。

在现代主义之前,诗歌写作都是一种"命名写作"。那时的世界是完整的世界,有如爱丽丝涉入的奇境,在那个完整世界中,花的开放会有声音、动物会说话、眼泪会流成潭、纸牌的国王与王后会说话,刺猬是球,火烈鸟的脖子是球杆……没有什么是不可能的,在这个完整的世界中,人可以"诗意地栖居",可以有不同的"奇遇记","人与世界的相遇"是可能的。在这个完整的世界中,诗人是立法者、是祭师、是命名者,诗人的写作便是对万事万物的命名,在命名的瞬间事物焕发出它的光芒,打开它被遮蔽的内核。

但在工业革命之后,世界已经破碎,森林变成林场,草地变成牧场,田野变成工厂,郊野变成公路,生命共有的家园已然碎裂成异乡,人类无家可归,世界步入午夜,原始的诗意已经不在。这一切变化,比爱丽丝在兔子洞中发现的变化更急剧,更无所不在。要在这样的世界中再次去命名事物,那可比爱丽丝要打好一场槌球还更困。

起初，爱丽丝遇到的主要困难是摆弄那只火烈鸟球杆。她好不容易把它的身体舒舒服服夹在胳膊底下，让它的双腿拖在后面，可是她把它的脖子弄直，正准备打那只刺猬球的时候，它就弯回脖子，望着她，脸上显出莫名其妙的表情，把爱丽丝逗得禁不住放声大笑起来。她把它的脑袋压下去，打算重新开始的时候，那刺猬球又展开身体爬走了。另外，在刺猬球滚过的途中总有坎坷和沟壑；那些躬起身子作球门的士兵们也常常站起来走开。

27

这就是工业时代之后的试图命名写作的境况：用农业时代的火烈鸟这"能指"，在工业时代、后工业时代去命名时，却发现作为"所指"的刺猬已经移走。更虚无的是：作为"意义"的球门已经不在。但这种写作的真相在 70 后之前的中国诗歌传统中极少被人发现，包括朦胧诗与新生代，都是那个努力扳着火烈鸟的脖子去击球的爱丽丝。

但 70 后的写作已经不再做爱丽丝式的努力，这一代人不再试图去重新命名，在他们的写作中，试图认清这个世界已经破裂的事实，他们发现的不是完整的诗意。而是在破碎的世界和零散化的事物之间，发现事物的光芒，这种光芒的显现与组合，便是诗性。诗意与诗性不同,于爱丽丝而言,诗意指的是完整的农业世界中的意境所氤氲出来的超越事物的整体艺术效果;而诗性,则是已经零散化、孤立化的事物经过观察、分析而"显现"出来的真相的光泽。

国王说:"显现是一个好词。"何为"显现",在胡塞尔与爱丽丝的学说中,指的是去确认一个事物,观察它,分析它,将它与世界联系起来,理解它,再分析它,结果,显现的不仅是对感官,也是对意识的显现。显现的步骤被斯皮尔伯格总结为七个要点:A. 考察个别现象。B. 考察一般本质。C. 理解本质联系。D. 关注事物显示的方式。E. 探讨现象在意识中的构造。F. "悬搁"对现实性的信念。G. 揭示被蒙蔽了的意义,还事物以真面目。在这一系列的工作之后,*go back to things themselves*(回到事物本身),爱丽丝高声唱道。回到事物本身——这便是爱丽丝所言的返回"真相"。以此为分界线,第三代及其以前的写作,是在事物之间的关系中写作,试图获得"诗意",而从70后开始,则是"回到事物本身"的写作,试图"现显"出诗性。

所以,在70后一代的文本中,爱丽丝很少发现那种建立于农业时代的温情与完整的诗意上的写作,也即徒劳的命名式的写作,在文本上,这一代人显出的是一种文本的平凡、一种不那么美好的诗性,但它却是回到了事物的真相，并从真相开始另一次"游动悬岸"般的旅程。

什么样的生活才是真实的生活？

在70后之前，诗人们的生活中，诗歌是重心，是主要内容，是中心思想，是段落大意，是一种文化英雄的生活，甚至因作为文化英雄而摇身一变扮作政治英雄的生活。虽然北岛说，"在没有英雄的年代里，我只想做一个人"，但那一代的诗人都成了文化英雄；而黄翔说，"在没有英雄的年代里，我就是英雄"，结果，他这一类人成了政治英雄。第三代诗人，也成了文化英雄与后来的经济英雄。诗人们的生活是一种英雄的生活，维柯说："英雄们都相信自己是来源于天神的"，他们相信自己具有一种自然高贵性，"凭这种高贵性，他们就成了人类的君主，他就向另一批人夸耀自己的这种自然高贵性"。

英雄的生活当然不是后工业时代的真实生活。后工业时代的真实生活是什么样的呢？是对生活的反思，是对文化的反思，仿龟和后现代主义认为：当人类开始反思自己时，产生了文化，当文化开始反思自己时，产生了后现代主义。爱丽丝认为一切都是红棋王后搞的鬼，可是王后却不在她身边坐着了，她已经缩成一个布娃娃的尺寸，正在桌子上快活地拖着自己的围巾转圈子……

"至于你,"爱丽丝一步跳过从桌子上滚落的瓶子,伸手抓起这个小东西,说道,"我要拼命摇晃你,把你变成一只小猫!"

果然,红棋王后是她醒来时抓在手中的小猫咪。

如果说此前的诗人们是"英雄",是"红棋王后",那70后的诗人们便是"抓在手中的小猫",并为眼下真实的生活而反省,"猫咪,现在咱们来想一想,那个梦究竟是谁做的。亲爱的,这可是个严肃的问题,……这个梦不是我做的,就是红棋国王做的。当然,他是我那个梦中的一部分,可是当时我也是他梦中的一部分……"爱丽丝说。博尔赫斯就靠这一段演绎成了《环形废墟》一文,或者说《环形废墟》便是《爱丽丝镜中奇遇记》的另一种版本。发现了世界与事物的真相,获得一种真实的生活,虽然这种真实也许只是另一个人的梦幻或程序,像《黑客帝国》中,救世主尼奥进入矩阵之后发现,一切——不管是机器世界还是人类世界,都只是造物主——那严肃而不懂得笑的代码之父所编写的程序。

但是,毕竟70后诗人们已经放弃了做一个文化英雄或政治英雄、经济英雄的美梦,他们或者是媒体人士,或者是撰稿人,或者是公务员,或者是小职员,像忍者一样藏身于普通的、平庸的生活中。而毫无疑问，这种平庸的生活才是常态的生活，才是真实的真实，真实总是丑陋的，总是平庸的，但只有在平庸的生活中，才能客观和理性地发现事物真相，去让事物显现出诗性。

要记得莫斐斯对尼奥展示了一个人类作为机器人的发电机、被种在土里的真相之后，对尼奥说："欢迎来到现实世界"，在电影的第三部，尼奥并没有返回人类最后的温情的地下城市锡安，而是与崔尼蒂驾着飞机去了真实的机器世界，在那个丑陋不堪的机器世界中，他结束了机器人与人类之间的战争。战争的结束，当然源自尼奥对真实世界的深入与分析，那分析之后的胡塞尔般的"显示"，便是诗性与得救。

力量源自哪里？源自真实生活。叫嚣着"砍掉他的脑袋"的王后说。

作为返真的一代，最后要落实在"写作的真诚"上。何谓写作的真诚？也就是写作的非策略性。这一百年来的写作似乎都是策略性写作，开始的白话诗写作是策略性的，抗战诗也是策略性的，给党与国家歌功颂德的写作更是策略性的，反抗主流意识形态的朦胧诗写作依然是策略性的，要造反的第三代林林总总的写作继续是策略性的。这种策略性甚至延续到了 70 后的一部分诗人中，你明白，爱丽丝指的是"下半身"写作，"下半身"作为 70 后的第一次也是最后一次蚂蚁

31

的"性冲动",想要强奸历史这头半鹰半狮兽,结果历史当然完好无损,倒让蚂蚁成了一个笑话。故事里说,一帮裸着"下半身"的男男女女们,以对前辈们砸砖块、吐唾沫、传谣言的策略,获得了被围观的关注。他们的文本里不是暴力狂就是露阴癖,拿起筷子吃肉放下筷子骂娘。那么,他们是不是真的愿意过如文本中所写的生活呢?某一日,国王问下半身的头头,该头头的回答是"不愿意"。不愿意过如自己文本中所张扬的生活,便不是真诚的写作,而是为了获得关注而进行的策略性写作。

策略性写作的原意是为了获得注意力。

撇开"下半身"不言,绝大多数的70后返回了写作的真诚,他们写自己的生活,赵卡写他在草原城市的日常生活、阿翔写他听觉失聪中的奇妙的生活、黄礼孩写他作为一个基督徒的生活、蒋浩写他边缘人的生活、西楚写他苗族文化与城市交织的生活……写自己真实的生活与生活中发现的事物真相,在这坚实的基座上显现出来的诗性,便是真诚的写作。这里没有英雄情结的张扬,没有人性卑劣处的张扬,没有对真相的掩饰,没有谎言。当王后要爱丽丝作伪证好处决那被诬陷的红桃武士时,爱丽丝坚决不作证。

王后说:"先判决,再裁决。"

"满口的胡说八道！"爱丽丝大声说道，"哪儿有先判决的？"

"闭上你的嘴。"王后气得脸上青一块紫一块。

"我偏要说！"爱丽丝说。

"砍了她的脑袋！"王后声嘶力竭地喊道。

爱丽丝忠于自己的所知，70后忠于自己的所知，结果便是如自己内心生活般写作，如自己写作般生活。这种真诚的写作源于生命与生活的丰盈。策略性的写作是操作的结果，是权衡了利弊之后的选择，是不真诚的写作，这种不真诚，因为生命与生活的欠缺，王后之所以不断地喊"砍了她的头"，因为她的人格有所欠缺，她的生活不如意。而真诚的写作，则不是选择的结果，而是因生命与生活的丰盈而自然的流溢。

返回事物的真相、生活的真实，写作的真诚，这便是70后之所以是"返真的一代"的原因。虽然这种"真"未必迷人，也未必美丽，甚至也只是历史的一次虚构的结果，但是，因为这种真，70后成为中国诗歌的一次开始，成为从兔子洞的梦境中醒来，准备开始镜中奇遇记的爱丽丝小姐。

第六章 半鹰半狮兽

　　她们不久便看到一只正晒着太阳熟睡的半鹰半狮兽。"醒来,懒东西!"王后喊道,"带这位年轻的女士去看仿龟……"

爱丽丝就这样见到了半鹰半狮兽。

什么是半鹰半狮兽? 恭喜你,答对了: 续脉的写作。狮(大地之王)代表传统的、现实的那一部分,鹰

（天空之王）代表未来的、高蹈的那一部分，两者结合起来，便是续脉写作。爱丽丝曾在某篇文章里说："续脉写作的意义在于：首先，它让中国诗歌从西式诗歌的氛围中破茧而出，搭起一道通往中式诗歌的桥梁，去体悟东方价值、东方文化、东方式的存在，让东方思想再次鲜活在现时代的诗歌中；其次，审美方式从西式转为东方式；复次，诗歌语言不再只是翻译式或民间口语式，它被注入了传统的风格，成为一种繁复而表现力更强的语言；第四，诗歌的写作方式也因此而增加了新的可能性。续脉写作是一种趋于正典的写作，它是开放性的，同时朝向过去与未来。"

在70后诗人中，这些诗人近年来正日渐成为半鹰半狮兽，或在某个时间段里摇身一变成为半鹰半狮兽：苏野、韩博、育邦、爱丽丝……

苏野是半鹰半狮兽中早就定型的成年兽，也是这些兽中发育最为完整的。在他的写作中，从生活经历过的现实生活出发，两只翅膀中一只指向古代，一只指向未来。古代的那一只翅膀，羽毛上斑斓地显现出陶渊明、韦应物、贾岛们的幻象，这暗示着他的精神对接上了这些当时边缘化的、生活化的，但在后世却主流化的人物，从他们身上汲取了安身立命、与世界相处的力量，因而让自己的写作成为一种"续脉"，续诗歌之脉、文化之脉。未来的那一只翅膀，则指向存在主义式的思考、指向语言压缩、生长的实验,也正因为这种朝向未来的努力,使得续脉才不至于成为"复辟"。这是"半鹰"的两只坚实的翅膀。至于那"半狮",正是他努力正视现实、开掘现实、提升现实的力量与勇气。

爱丽丝也是70后中发育得较为完整的一头半鹰半狮兽。在他的写作中,现实是他的"狮",而地域文化与古典精神是他的"鹰翅"。《苍凉归途》立足于一个民族的历史与现状,在这种"魔幻现实"中,一只翅膀飞扬在黔南巫文化的天空上,另一只翅膀飞扬在历史的迷雾中。《空:时间与神》则在时间这头狮子上安插上古典诗词、巫术与哲学的鹰翅,于时黔南的自然与生活变得迷糊混茫,时间则以种种变形的方式与神、空间发生了哲学性的关系。《素颜歌》中,那种古意的审美、生活的简化、节奏的音乐性无所不在,狮子与鹰混为了一体。而《咏怀诗》则标志着他终于成长为一头完整的半鹰半狮兽,在都市的、乡村的种种生活中,接通的是魏晋风度,明晰地将写作之根接通到了农业时代中精神最为灿烂的那一历史时期。

育邦则是某些时候摇身一变,变为一头半鹰半狮兽,而某些时间则面目模糊地处于沉睡了,他说:

每一天，我静候薄暮时分
那个既不属于白昼也不属于黑夜的短暂溪流
我想我的样子
也一定介于动物和植物之间
在冷和热之间徘徊
就如同我一贯的态度：
不站在矿石一侧
也不站在人类一侧

这首《每一天，我静候薄暮时分》正是一只半鹰半狮兽的自我言说。在变形之前，育邦只是 Matrix 所控制的一员，什么是 Matrix，读到此文的后半部分，你就知道什么是 Matrix。作为 Matrix 所控制、所影响的一个写作者，育邦的写作并未形成一种力量（育邦读到这里可以不高兴，但爱丽丝没有义务让他高兴），但等到他突然摇身一变，写下《秋兴》、《乌台诗案》、《过亭林公园》、《辋川诗草》等篇章之时，就成了一只半鹰半狮兽。苏野学的是陶渊明、贾岛、孟郊。而育邦学的是王维与孟浩然。陶与贾、孟是可学的，但王、孟则是不可学的，育邦学习王、孟的结果，便是落到黄庭坚那里，效果是坚硬的，但在坚硬中透出了灵性与慨叹，所以他会说"我想我的样子/也一定是介于动物和植物之间"。王、孟是（灵）动物,黄庭坚是植物,这种略为古怪的诗歌面目,却也是育邦所独有的,它提供了未完全进化或进化中出现了变异的半鹰半狮兽的标本。

在这种奇怪的动物中,最值得注意的是韩博,他原本属于严格意义上的 Matrix 系统中的一员,但他居然变成了一头漂亮的半鹰半狮兽。组诗《第西天》是非常典型的半鹰半狮兽的文本。诸如其中的《第十六天》:

> 银杏树下一觉,
> 好莱坞上身。
> 青草痴伏,飞碟无情游,
> 异形团购骨肉皮。
> 聊赖百无当代,
> 相期邀云汉。

整组《第西天》都是类似的风格,古风式的行文,古代意象、现代意象、东方意象、西方意象煮为一锅,半是正经半是调笑,半是真情半是假意,时光与空间在此混沌为一体,忽而从西方一脚涉入了中国古代,忽而又从虚幻踏入现实。禅意、批判、反思、嘲讽融为一体。说它是古典的,但它又是后现代的,说它是后现代的,它又有古典之画皮。文言文与口水话齐飞,唐宋共眼前一色。这是韩博练就的一些"东邪西毒丸"。

在半鹰半狮兽中,韩博是最形象鲜明的一个,这些"东邪西毒丸"加强了迷幻效果,此前无人这样写过,此后也难以模仿。韩博的意义在于,他不是正儿八经地道学家式的"续脉",更像《黑客帝国》中的那些来自锡安的飞船上的人们,被莫斐斯(施洗约翰)与崔尼蒂(圣母)从 Matrix 中"解放"出来,作为人类的形象,但脑后却留着插孔,只要接通这个插孔,便可以在真实世界与 Matrix 中往返,便获得完全不同的多重形象。在多重形象的叠加中,你不知道哪一种形象才是真实的个体。其实,真实的个体不一定是单面的,它完全可以是多面性的,它同时是 Matrix 中的意念与幻影,也是飞船上躺在椅子上的船员,甚至还是程序之父设计的一个小程序……所以,无法在这样的写作中区分出韩博是如何"续脉"的,但它的这些文本却构成了"续脉写作"中最有趣也最有效的部分。

因为半鹰半狮兽不只有一种存在的形态。

那么,半鹰半狮兽又是怎么样来的呢?

貌似半鹰半狮兽也可以译为"狮鹫"(Griffin)。它源自何时何地爱丽丝不知道,有人认为它是古代文明中某次魔法试验的成果——谁知道真与假呢,但在有文字记载之前,它已经出现在史诗与传奇故事之中。在文献记载中,它最早出现于古阿卡得(巴比伦-亚

39

述)神话,可以在马尔都克斩杀妖兽因而封神的传说里找到它,在这个传说中,半鹰半狮兽是他杀死的第三只巨兽……之后,半鹰半狮兽的形象出现在希腊神话中,为宙斯、阿波罗和复仇女神涅梅西斯拉车——但是为涅梅西斯拉车的半鹰半狮兽与别的毛色不同:通体漆黑就像只乌鸦。希腊语的 grups 的拉丁语变体 gryphus 和表示峡谷的 grif 混合,到了英语和法语里就变成了 griffin/griffon/gryphon。

也许是爱丽丝手上这本《爱丽丝漫游奇境记》的译本不好,所以译成了"半鹰半兽狮"?谁知道呢?这些不重要,重要的是爱丽丝本来想说的不是这"知识考古学"。爱丽丝想说的是这种"续脉写作"是怎样来的?你要学会原谅爱丽丝经常脑子里想一样嘴中说出来的是另一样。

在中国古代,每个写作者都要"生出自己的父亲",也就是总要在写作上找到一个前辈、一个源头。比如宋之后学诗,一般是先学李商隐(他的技法最好,是最好的入门导师),然后学黄庭坚(炼字),最后学杜甫(胸襟气象),这是学诗之正道,过这个学徒期之后,再私淑一个与自己气质相投的诗人,学他。每一个从正道出来的诗人,都可以梳理出一个他的诗歌谱系。但到了上世纪初的新诗发萌之后,这种不断续脉的写作就隐而不显了,新诗的传统是西方诗歌在中国的变异,而不是中国古典诗歌在白话文中的延续。在这样的诗歌历史中,也有一些 Matrix 中的人想摇身变成半鹰半狮兽。在三十年代,现代派诗人戴望舒、何其芳、卞之琳、李广田、梁宗岱、曹葆华、金克木、林庚、徐迟、路易士等都在有意识或无意识地将写作之源接通到唐代,尤其是晚唐,便形成了朦胧、含蓄、幽怨但又与当时新诗发展方向一致的诗风。虽然这只是非常短暂的一次续脉冲动,并未让它们长成半鹰半狮兽,但在文学史的时光流逝之后,成为许多爱丽丝追忆的对象。到了 80 年代,在第三代中,"二宋"的汉大赋式的写作,"整体主义"的东方风格的诉求,成为 80 年代这个诗歌魔法时代中一次向半鹰半狮兽进化的冲动。这些零零碎碎的写作冲动,构成了半鹰半狮兽们的前生。一条隐而不彰的线,终于在 70 后身上发扬光大,修成了正道的半鹰半狮兽。

在爱丽丝的故事中,半鹰半狮兽最后是这个样子的:

"走吧!"半鹰半狮兽叫道。它不等唱完那首歌,拉起爱丽丝的手,匆匆跑走了。

"是个什么样的审讯?"爱丽丝问道,她跑得气喘吁吁。但是,半鹰半狮兽只是回答了一声:"走吧!"就跑得更快了,远处随风传来的是越来越微

弱的那首伤心的歌：

晚……餐……的汤，

美味……美味的……汤！

第七章　仿龟的故事

晚……餐……的汤，

美味……美味的……汤！

　　这是仿龟的歌声，半鹰半狮兽（在一定时间内充当了但丁的贝亚特丽齐式的角色）陪着爱丽丝去看仿龟，听它讲它的故事。可是仿龟是什么？一种动物？如果是动物，会是一种什么样的动物？知道的看官请发电子邮件教教爱丽丝：djmyf@126.com。

仿龟讲的故事很糟糕，严格来讲那些不算故事，只是它过去的生活，但生活与故事的区别谁又能分得清呢？当爱丽丝问它在学校里学哪些课程时。

"开始当然是堵（读）和泄（写）啦，"仿龟回答，"还有不同的算术运算——假发，剪发，丑法和锄法。"

"我从来没听说过什么'丑法'，"爱丽丝壮着胆子说，"那是什么？"

半鹰半狮兽惊奇地举起爪子说："你没听说过丑法！那你总该知道什么是美法吧？"

"知道，"爱丽丝有点拿不准，"它的意思是……是……把东西弄得……漂亮一点儿。"

"对呀，"半鹰半狮兽接着说，"你要是还不知道什么是丑法，那可就是个傻瓜了。"

很抱歉又引了一大段《爱丽丝漫游奇境记》中的文字，但我认为这并不算是多余，你弄懂了这一段（我看八成你是弄不懂的），也就差不多弄懂了胡续冬的诗。

胡续冬在70后诗人中是个另类，另类在于他能把握好一个度，既没有掉入北大风格的 Matrix 中去，也没有掉入下半身那种无聊的黄段子中去，在严肃与下流之间,他找到了戏谑的这个黄金分割点。Matrix 太无聊太枯燥太正儿八经,下半身则像那个不断扔东西的厨娘,都没多大意思,而戏谑不同,它站在一个平衡正经与嬉皮、西方与中国乡土的分割线上,表现出来的艺术效果是一种"带泪的鬼脸",本质是沉重的,但偏偏却轻灵地表现出来。诸如《太太留客》中的片段:

> 我们坐在两个学生妹崽后头
> 听她们说这是外国得了啥子
> "茅司旮"奖的大片,好看得很。
> 我心头说你们这些小姑娘
> 哪懂得起太太留客这些龌龊事情,
> 那几双破鞋怕还差不多。电影开始,
> 人人马马,东拉西扯,整了很半天
> 我这才晓得原来这个片子叫"泰坦尼克",

在"泰坦尼克"与"太太留客"之间,在"奥斯卡"与"茅司旮"之间,谐音的切换让诗歌变得欢快起来,严肃的电影与奖顶被拆解,让人联想起那些关于生理的不那么干净的事。重庆农民对西方现代艺术的误读,正有如爱丽丝对加减乘除的误读,而半鹰半狮兽的误导,则有如《太太留客》中那些农民们对电影情节的本土风格的误读。在双重的误读与误导之下,"庞然大

物"轰然倒下,而故事抹平差异的拆解者,终于吐出了一口"鸟气"。胡续冬类似的文本,还有《关关抓阄》:

> 现场把这个事情拍了个啥子
> 家庭片子:我们这个镇
> 为叫盒子洲,那些文化人
> 就把这个片子取他妈个名字叫做
> "关关抓阄,在盒子洲"

爱丽丝一看,就知道戏仿的是诗经中的名句"关关雎鸠,在河之洲"。《诗经·关雎》讲的是纯洁含蓄的爱情,而《在盒子洲》则讲的是重庆农民日常生活中那些底层的、偷情的、于生活无奈的故事。

在这些类似的文本中,胡续冬成了那只仿龟。

这就是胡续冬? 胡续冬就是一只仿龟? 当我们谈论胡续冬时我们在谈论什么?

《太太留客》无疑是胡续冬的成名作,但他的代表作呢? 他的代表作是什么?《去他的巴西》? 那可是散文不是诗,是巴西的安娜·保拉大妈? 天知道,胡续冬知道,爱丽丝不知道。爱丽丝在阅读胡续冬的文本中,写下这些印象词:川味、学生腔、细节、现实关怀、机智、贫嘴……

川味:表现在《太太留客》等文本中。学生腔:在所有的文本中,胡续冬的学生腔一直在漫延,用消毒水也洗不干净,学生腔并不是什么优秀的品质,只不过是蝌蚪的尾巴。细节:与所有口语写作一样,胡续冬喜欢在细节中滑行,从一个颇具戏剧感的细节滑行到另一个细节,细节组成他的每一首诗,所以他的诗中都会有一些滑稽的故事,或滑稽地讲述的故事。机智与贫嘴:这几乎就是胡续冬"吾道一以贯之"的了。令爱丽丝百思不解的是,有些评论家竟然去他的诗中寻找"现实关怀",这种日常关怀指的是什么?让爱丽丝学习仿龟的声音说:"这素神马意西?"

现实关怀?按爱丽丝的理解那可是 70 后诗歌的共性,这一代诗人们将诗歌的轮子从凌空蹈虚的高天下降下来,落到了现实生活中,普通 70 后几乎都具备现实关怀的精神。所以说现实关怀是胡续冬的品质之一,那也没错,因为它是共性,但如果说它是胡续冬的特点,那就不够"特"了,就像不仅仿龟可以将"古代历史和现代历史"说成"古代梨柿和现代梨柿",将"地理和图画"说成"低犁和涂划",90 后的小 BABY 们也会将"是什么意思"说成"素神马意西"。如果非要说他有现实关怀精神,那就理解成安娜·保拉大妈这样的效果算了。《安娜·保拉大妈也写诗》:

安娜·保拉大妈也写诗。

她叼着玉米壳卷的土烟,把厚厚的一本诗集
砸给我,说:"看看老娘我写的诗。"
这是真的,我学生若泽的母亲、
胸前两团巴西、臀后一片南美、满肚子的啤酒
像大西洋一样汹涌的安娜·保拉大妈也写诗

48

关于胡续冬,总让爱丽丝一再想起仿龟的话,在爱
丽丝等开了一会儿之后,"以前,"仿龟叹了口气,终于
开始说话了,"我是只真正的乌龟。"

说完这话以后,又是一阵长长的沉默,只有半
鹰半狮兽不时发出一声"哎哟",还有那只龟连续
不断的沉重的抽泣声。爱丽丝几乎要站起来说:
"谢谢你讲的有趣故事,先生。"

够戏谑的吧?你懂的。

第八章　龙虾四对舞

爱丽丝一直很疑惑：真的可以在爱丽丝的故事中寻找到所有对应中国 70 后诗歌的故事或元素？爱丽丝的故事中有许多陌生的东西，比如仿龟，有人译成"假乌龟"（不会动?），有人译成"素甲鱼"（原料：大朵香菇 20 个，熟笋 100 克，粉皮 3 张，绿豆粉 500 克，水发黄花菜 20 根，植物油 1000 克［实耗约 100 克］，冰糖、黄酒、生姜末、素鲜汤各适量。制法：……）

　　而四对舞呢？

　　"百度"说："Quadrille——四对舞，一种欧洲宫廷舞，现在应该是没人跳了吧，这名字还真是古雅呢。也叫四对方舞，谁要是按照字面翻译成"正方形"，可真是辜负了前人呢。"天知道正确与否，但这不重要。

　　四对舞，爱丽丝打算对应的是牛 C 哄哄的赵卡。

　　在 70 后诗人中，赵卡（又名赵先锋、狼人，其人总喜欢取一起貌似很牛 C 的蠢名字）一直是没有得到应有的掌声的一个，但他的先锋精神一直在保持着，并且有所变化、有所精进。在 70 后登台照集体照时，赵卡以《厌世者说》至少赢得了爱丽丝的掌声，爱丽丝曾在当时的评论文章中说："任何 70 后的大展如果缺少赵卡都是不完整的。"到十年之后，爱丽丝仍然愿意将这溢美之词送给赵卡，因为这十年来他的诗歌一直在变化，并且十年后贡献出了《大盛魁词典》这样"泛文类"（好奇这个名词者可"谷歌"）的文本。

　　在十年前的文章中，爱丽丝这样评论赵卡："赵卡《厌世者说》这是一份较有实验性的泛文类诗歌文本，传统的诗歌形式在这里遇到挑战。无叙述（即伪叙述）让文本获得存在的合法性，而与生活的互文则沟通了另一个虚构的世界，在破碎的引文、仿制、伪抒情中，形式生发诗意。但诗性无可怀疑地流散，造成对语言本身的感觉麻木。鉴于多年来赵卡（即狼人）的泛文类努力,我认为任何实验诗展中缺少赵卡都是一种遗憾。"

　　十年后,赵卡的《大盛魁词典》仍然可圈可点,在这部很长的文本里,我们仍然可以看见非常典型的后现代文本的特征:泛文类、形式的出位、传奇性、性、伪秘史、伪民间史、拼贴与互文、戏仿等等。在这部文本中,赵卡将写作对象设置为他作为职业经理人而服务的"大盛魁"(2008中国70后诗歌论坛时赵卡赞助了论坛用酒"大盛魁",只不过那酒中有股香精味),重构或者说虚构了大盛魁的历史,在这个老字号的历史中,当下的70后诗人诸如安石榴、广子等成为百年前的形象。词语解释构成了行文的推进器,古诗、新诗、散文交杂,几乎难以发现严格意义上的诗行,在调侃与装矜之间,弥漫着民间商号的传奇史,那是一部伪装的民间史,也是一部关于蒙古的伪秘史。它什么都像,就是不像诗歌,但有趣的是,整体大于局部之和,格式塔的效果是:文本成为非常具备先锋效果的长诗。这种长诗实验,如今是没有的了。

　　赵卡的写作并没有因为泛文类而沦为散文片断,却因此成为优秀的实验文本,原因有:

　　先锋小说的气质。作为70后最早一批出道的诗人,赵卡不可能不受到西方小说和80年代中国先锋小说的影响,从《厌世者说》到《大盛魁词典》,可以看到孙甘路、格非的影子,博尔赫斯和帕维奇的影子。《厌世者说》甚至可以换个名字叫《向孙甘露致敬》。对先锋小说的借用,让赵卡的写作打开了从诗歌自足通往外界的通道,形成文体与知识上互文的效果。

历史野心。作为一个对《蒙古秘史》有兴趣的研究者,一个出生在造反成性的大草原上的假酒贩子,赵卡一直包括着他的历史野心,比如试图写一部新的蒙古秘史,试图成为这方面的专家,但事实上证明那只是赵卡的幻觉。但这种幻觉带入诗歌之中,便是纵横在诗歌之中的秘史风格,伪史文本效果。历史一直是长诗写作者绕不过去的一条河,没有历史也就没有长诗。因为长诗本来就是史诗。

性。如果任由小说元素与历史野心交织而不"解毒",那文本就不是诗了,赵卡喜欢用的"解毒元素"是性。"有点湿","不许看,不许看啊——/她又说了,下面的不许看/用手捂住的地方只能猜/就一次/下面的地方太晦涩了/肤浅一次就让我们误入歧途",在《大盛魁词典》中,这样的性比比皆是,而在《大召》这样应该严肃的诗中,一开始就老不正经地臆想了性:早起的喇嘛想起单居一室的爱情,他感觉有点沮丧,撩袍一想,为夜夜失守的手淫和信仰道歉。/"无耻啊无耻!"他想了又想。?

对 Matrix 的好奇。作为一个在诗歌边缘和地域边缘的写作者,赵卡一直对 Matrix 好奇并心存好感,并一直在写作中向 Matrix 致敬。诸如这样的句子:"马奶酒不一定酿自马奶——/拙劣的技法来源于对失败生活的粗陋模仿。"(《蒙古的国家地理》)再如:"他的视线滑入虚无,轻蔑的一瞥/除了美女,目空一切是这个男人的美德。/哦,尽量不要告诉他世界的底牌/否则他会冒险,这个酒杯里坐着的暴君。"(《小礼物》)这便是夹在粗野的赵卡诗歌中的典型的 Matrix 的写法。

　　当70后的同代人们唯恐写得不像诗时,赵卡坚持他的泛文类的写作,这种老派的先锋的努力,让他在诗歌文体上独树一帜,也让整个70后保持了在文体实验上不至于全军覆没。虽然赵卡在文本上的艺术成就不宜过高估计——所有后现代文本在艺术成就上都不宜高估,但它的姿态,让爱丽丝想起了"龙虾四对舞"。

　　"两行!"仿龟叫道,"海豹、乌龟、鲑鱼和其他鱼都排好队,然后,把所有的水母都清理干净……"(赵卡清理掉传统诗歌观念)

　　"这事一般得花不少时间呢。"半鹰半狮兽插嘴说。

　　"……然后向前迈两步……"

　　"每人都有一只龙虾舞伴!"

半鹰半狮兽喊道。

"当然啦，"仿龟说，"向前迈两步，跟舞伴接触……"

"交换龙虾，然后向后退两步。"半鹰半狮兽抢着说。

"然后，"仿龟接着说，"你把龙虾……"

"抛出去!"半鹰半狮兽跳起来喊道。

"……使劲向大海里扔……"

"然后就游水出去追赶它们!"半鹰半狮兽尖叫道。

"在海水中再翻一个筋斗!"仿龟大步蹦跳着说。

"然后再换龙虾舞伴!"半鹰半狮兽惊叫起来。

"再回到岸上，这就是第一套动作。"仿龟说完，突然降低了声调。这两个像疯子似的野兽都静静地坐下来，望着爱丽丝。

"海豹、乌龟、鲑鱼和其他鱼"是赵卡诗中的其他文体，"龙虾"是"诗"，它们共同跳起了龙虾四对舞。

爱丽丝本打算在此文中海扁赵卡，结果出乎意料地变成了表扬，真是"世事另有深意"，这让人想起爱丽丝的特点之一：嘴里说的与心里想的有所断裂。

仿龟说："也许从来没有人给你介绍过龙虾……"

爱丽丝刚脱口说："我尝过一回……"可是她连忙把后面的话吞了下去,改口说:"从来没有。"

爱丽丝很喜欢鳕鱼的歌:"我真的喜欢鳕鱼的这首歌!"

"至于鳕鱼嘛,"仿龟说,"它们……你一定见过它们的,对吧?"

"是的,"爱丽丝说,"我常常在饭桌上……"她又连忙停下来。

有人就是那个爱丽丝,你懂的!

56

第九章 眼 泪 潭

有一段时间,爱丽丝掉进了自己的眼泪潭。

她很快就明白过来,她是在泪水积成的深潭里,那是她自己刚才有九呎高的时候,流出来的眼泪。

"我刚才要是没有哭得这么凶就好啦!"爱丽丝来回游着,想找到离开这里的路,"我猜,这是我哭鼻子的报应,我要淹死在自己的眼泪里啦! 这可又是一件怪事！今天什么事都怪得要命。"

　　爱丽丝在长成巨人时，哭鼻子流下许多眼泪，等到她缩小时，却被淹在了自己的泪水里。这个情节可以视为爱丽丝处于自己的世界——自己制造的世界之中，就像阿翔。

　　在朦胧诗人中，有一个另类诗人：顾城。顾城的诗是美学意义上的朦胧，他的写作与同代人截然不同，就连他的死亡也与同代人差别巨大。爱丽丝并不看中顾城前期的那些童话色彩的诗，更喜欢他中后期那些有着超验色彩的、出自幻象的诗，比如《滴的里滴》，一般人不会喜欢这样的诗，因为一般人读不懂，一般人之所以是"一般人"是因为他们总是以"懂与不懂"这个伪标准去套诗歌。而诗歌之鸟不是懂或不懂这个小笼子所能装得下的。相似的，在70后诗人中，也有一个类似于顾城（不包括已死亡）的诗人：阿翔。

　　阿翔是70后诗人中"出道"最早的。"出道"是什么意思？"此路是我开，此树是我栽。要从此路过，留下买路财。"是这样的？天知道，睡鼠知道，爱丽丝与阿翔不知道。出道早晚与诗歌的质量没关系，爱丽丝要说的是，阿翔在二十来年的写作中，一直沉浸在自己奇异的世界中，就像爱丽丝浸在泪水潭中。阿翔的独特世界源于它的失聪——就像顾城的奇异世界也许

57

源于他的头部受伤。因为听觉的关闭，阿翔反而进入了一个只属于自己的内在的奇异世界。

这个世界由哪些元素构成？幻觉、童话味、碎片、恶作剧、主体的缺失、伪巫术……

"长刀在手，手有些恍惚／马穿过树骨／树骨不存在了／城楼上空无一人。"（《突如其来的变化》）这便是幻觉，因为没有一句是真实生活中会发生的事。幻觉营造的是另一个世界，与这个现实世界平行但互相连通的世界。文学的使命是建造另一个世界（哲学的使命是理解世界），那个世界的建造，靠的就是幻觉。从这个意义上而言，住在幻觉中的阿翔的诗歌，也许才是这一代人中最地地道道的"文学"。

"但是，她会坐在月亮上面／她会伸出手指／梳理风中的头发，她唱：'把早晨还给木头，把爱情还给孩子'。"（《暗示》）像不像童话？是不是童话？童话是一种美好的想象，在童话中一切美好皆有可能，它是对死板世界的反叛与拯救，是想象力的最后栖息地，幻觉经常是与童话联系在一起的，没有幻觉便没有童话，没有童话幻觉中就少了神奇与美好。

"我显然喝多了。我喘不过气来。／在不远处，有人摇晃，他们的酒才饮了一半／就放纵过度，而我无所适从。"（《失神》）这是恶作剧中的一种，恶作剧构成童话的反面，恶作剧也需要想象力与幻觉，它是另一种童话,有童话的地方一定有恶作剧,形成两个方向:童话的箭头向美与善,恶作剧的箭头向恶与丑,但恶作剧并不是真的丑恶,它本质是带着友好与好奇的行动的童话,在阿翔的诗歌中,经常会发现与童话伴生的小恶作剧。

说到伪巫术,诗歌都是巫伪术,爱丽丝从这个意义上去理解巫术:在原因与结果之间省略了过程,结果往往找错了原因,而原因对应的结果则不是正确的结果,两者之间没有必然性与必须的通道。所以诗歌几乎都是巫术思维的语言结果。但在阿翔的诗中,这种巫术气息更为强烈。诸如这样的片段:"她的头发被风拉紧,跌进一个声音,它张开布袋/然后我们听到了寂静/变得更轻,仿佛有鸟掠过。"(《离别辞》)这就是巫术。但诗歌并不是巫术,所以诗歌是伪巫术——这句话也像巫术。你懂的!

在这样的世界中,阿翔不需要逻辑性,逻辑只是我们这个无味无聊无趣的世界的一种伪装的科学,让生活显得不那么巫术罢了,在那个童话的、巫术的幻觉世界里,不需要任何逻辑,因此,事物显出了某种碎片性,这表现在阿翔的诗歌中,会有许多不相关联的"杂乱"的意象,一些拼贴在一起的细节,这并不是逻辑缺乏的表现,而是那个世界没有逻辑这种事物的真相。不存在逻辑的世界更为广阔,不被逻辑之链拴住的事物更为自由。所以在阿翔的世界中,事物都是自由的,甚至游离于意义之外。不要试图以懂或不懂去衡量阿翔,而应该去体味意义之外的"意味",意味高于意义也高于意思,所以"意味深长"。

与顾城相似的是,在这个奇妙的世界里,是没有"我"——主体的。主体的缺失带来以一种另类的带有主观色彩的"以物观物"的效果,诗歌会呈现出某种可疑的客观性,这种客观性是那个奇境的客观,是在奇境中观照的迷糊——爱丽丝甚至不明白自己在说什么了。反正,反正就是这种让你思维跌进去的事,就是爱丽丝在自己的泪水潭中碰到的事:会说法语的老鼠、鸭子、渡渡鸟、鹦鹉、小鹰,还有一些奇怪的动物。

在70后诗人中,唯有阿翔保持着这种独特性——不可模仿的独特性,但在顾城之后,无论如何写也不会再引起那样的关注。这并不重要,重要的是阿翔的不可复制性,以及他代表的这一代诗人通往"异域"的努力,以及打开的"奇遇记"通道。

你不一定懂得我说的意思。

第十章　爱丽丝的妩媚归途

　　"噢,我做了个奇怪的梦啊!"爱丽丝说。她把能记起的部分讲给姐姐听,就是你刚才读到的这些冒险经历。她讲完以后,姐姐亲吻着她说:"那当然是个奇怪的梦。不过,现在赶快吃茶点吧,要不就晚了。"爱丽丝就起身跑走,一边跑还一边不停地想着:她做了个奇怪的梦啊!

于地域写作的诗人们而言,少数民族地区的文化传统、世界观与人生观,以及那些神奇的土地,正是一个"奇怪的梦",尤其是于进城后的诗人而言,更像一场梦。在这场梦中,如何才是爱丽丝的"妩媚归途"呢?

并不是每个人都意识到归途的重要性,更不是每个人都去寻找自己的归途,这种地域写作的滞后性在中国西部非常明显,那些出生于边远地区、少数民族文化中的诗人们,写作一直是对地域风情的复述、对山河大地的歌唱,对本民族文化的改写,与时代没有关系,与诗歌的未来不曾发生关联,这种可怕的自足性与滞后性,爱丽丝在十年前的《西部诗歌:如何穿越地域性》一文中曾详细地论述过。但十年过去,仍然极少见到有人在那梦境中找到了"归途"。

也许西楚例外。

爱丽丝一直认为,在 70 后的诗人中,西楚是最有才华的一个,他是兰波式的才子,天生就是写诗的英俊诗人,诗人分两种,一种是修炼成的后天的诗人,70后诗人绝大多数是这一类,另一种命定会写下优美诗歌的诗人,西楚就是这一种。但后一种诗人多是昙花一现或极少创作,兰波不曾在《地狱一季》与《醉舟》之后有大作,西楚的作品也极为少见。但这无妨于他们写下的东西的重要性。西楚现在已少为人知,但是,在提供"归途"的写作上，西楚提供了很好的范例。

西楚的写作中，最有价值的那一部分是以苗族文化为底色进行的写作。西楚是苗族，很少有少数民族诗人不写自己的民族，西楚也不例外，从他的《枫木组歌》、《荡绕果或小叙事曲》等组诗中，处理的是苗族题材，是他出生的地域，是他熟悉的事物。但仅仅在这个起点上西楚与西部地域写作的诗人们相似，接下来他便已完全迥异于他们。西楚是如何在地域这个梦境中找到出口的呢？

哲思化。"冲动的神和酒后的神/存在本能的差别/吃光阴的神和打坐的神/是同一类神。不同的是/身体的神懂得不安/常以劳作谢天下/这一天众神上天欢聚/只有身体的神/被罚留在人间。"在这首《身体神》之中，我们看到分为两半的"神"，在少数民族文化中，人的生命中有不同的神，按照普通的地域写作，对各种神进行咏唱就完结，但西楚却将这种分别上升到哲思的高度。关于人的命运的思考、关于宇宙的存在的思考、关于事物的本质的思考，将它们引入诗中，是净化诗歌的一种有效方式，是从形而下的事物中敞亮存在，让诗意从真相中显现的途径之一。而这一点，恰恰是民族诗人们所缺乏的，他们的本民族视角影响了哲思对存在之物的敞亮。

现代化。"现代化是一个很土的词。"爱丽丝说。

于后现代资讯社会而言,现代化意味着老土,但于民族写作而言,这是一条必经之路。在西楚的诗中,民族的元素被尽量减少,现代的元素被增加。"被拒绝的神秘的造访者,哀伤的造访者/终日在山中伐树。之前他出过一次远门/他说:火车,火车。他把一座城带回来/被人们一块一块地拆散,在相应的街道上/标注自己的姓名。他说/他已记不清大天使的降临日/这从不间断的劳动,是为了/等一只老虎在死亡之前骑着对手回来//爱上铸造的人,除了跟随父亲四方游走的小银匠/还有理老,还有乡村小学二楼上/住着的一对年轻人。他们同样痴迷/同样善于在夜晚表达自己/在表达中忘记已经染得不轻的风湿病。"(《妖精传·昨日重现》)在这两节被断章取义地抽出来的诗中,可以看到苗族文化的底蕴,但这些元素中和了民族风格之"毒":火车、城、乡村小说、风湿病……这些现代意象被西楚举重若轻地对等上民族的元素,出来的风格便是一种"魔幻现实主义"。这成了西楚最大的特点:现代城市中的民族底色,民族文化中朝向未来的魔幻现实趋向。

但是,西楚的诗歌又不是严格意义上的魔幻现实主义文本,那是因为它以谐谑曲的方式行进,打破了城市与乡村的二元对立、古老与现实的二元对立,那些沉重的东西在它的谐谑曲中都被分解,只留下月光

64

一样明净而透明的抒情。

几乎在西楚所有的诗中,都看不到拖泥带水的叙述或又臭又长的议论,他总是淡淡地弹奏着谐谑曲,将所有的对立的边界模糊掉,让沉重的事物长出轻盈的羽翼,使轻浮的意象获得关怀与存在的实在感。诸如这样的吟唱,"春天的时候,他做了一架木梯子/粗糙,但结实,把它搭上房顶//母亲经常从这里上去/种庄稼,摘果子和积雨云//有一天我爬上去,就再也没有下来"(《荡绕果或小叙事曲》),让你能受到轻盈的节奏与神奇想象的交织。再如,"只能给你一座阴暗的谷仓/用来收藏/被时间亵渎的身体//只能给你一个月亮/而它太轻/像你给予的爱/整年压在一堆灯草下面。"在民族写作中,极少看到这样明亮而音乐性十足的谐谑曲。

西楚的才华是那种明晃晃的,透明而快速度的,像阳光一样直接抵达,比如这样的句子:

"像一瞬间钝掉的刀锋","他让黛帕达在午夜独自骑飞机回家","其实我要告诉你的是,一辆马车怎样在回家的路上散架/它碎了,它背上的水哭出沉重的声音"。

这样的句子是学不来的,它需要天生的才华,聪明

65

如爱丽丝者,好学如爱丽丝者,也学不来这样的句子。以西楚的兰波式的才华,在民族性的写作中找到一条"妩媚归途",是轻而易举的是,所以就算西楚不再写作,他也仍然是70后诗人中重要的一个,且是最有才华的一个。

  "也许你自己还没有这样的体会,"爱丽丝说,"等你有一天变成一只蛹——你肯定会这么变的,你知道吧——以后再变成一只蝴蝶,我想你会觉得有点儿奇怪,不是吗?"

  我们奇怪于西楚轻易地找到他的"妩媚归途",但他不奇怪,就如毛毛虫也不奇怪。

  "一点也不奇怪。"毛毛虫说。

第十一章 一只叫安石榴的兔子

　　爱丽丝被兔子引领着掉进兔子洞,在洞里她几次见到过那只兔子,兔子总是急急匆匆地,爱丽丝曾在它家里喝了药水而变成巨人差点挤破它的房子。于爱丽丝而言,它是一个不称职的"贝亚特丽齐"。莫名地出现,又莫名地将她当做下人,又莫名地消失⋯⋯

　　于70后的教父们而言,他们正如这只不称职的兔子。

在这些兔子中,有一只叫作"安石榴"。这只叫安石榴的兔子曾这样写过:

　　"外遇首先是一个词,之后代替一种写作状态及氛围,接着表明一种集体化的诗歌行动。"这是我在《外遇》诗报创刊号上写下的话。对于"外遇"这个词,我们首先就撇开了那种惯常的、通俗的、但又合乎常规的理解,而作为理想(包括写作)的好的意外和可能。《外遇》诗报创办于 1998 年 6 月,当时诗合集《边缘》已在它有限的视野和声响中销声匿迹,但"边缘"的诗歌兄弟一直在暗暗来往和结交。《外遇》诗报得以诞生,本身就是一场一场诗歌"外遇"的促成。我本人在这场置身的行动中获得了诗歌的又一次清醒,这是我非常值得庆幸的,每一次,我都会得到理念的提升,这种理念直接影响到我的写作。我从《外遇》的意外作用中再次调整了我的诗歌追求:寻求意料无法追赶的效果。至此,我认为我对诗歌的思考已具雏形!

　　《外遇》并不为某种使命而出现,也不为某种局面而应运而生,它的诞生及后来遭遇的一切都不被预知……《外遇》诗报最初的参与者有八人:安石榴、潘漠子、谢湘南、大伟、耿德敏、黄廷飞、陈末、魏莹,后来陆续加入的有黑光、余丛、黄俊华、金鹏科,也有人在其间默默地离开……《外遇》诗报一共出版了四期,历时一年。在桂林的青年评论家荣光启曾撰写过一篇一万多字的长文,具体阐述了"外遇"诗群出现和存在的意义。最后一期"七十年代出生中国诗人版图"出版于1999年5月,这是国内第一次大规模的70后诗人集结。此后,因为成员的涣散及某些干涉因素,诗报悄无声息地停刊。间隔一年之后,我试图重组深圳诗友出版诗选集《重塑背景的肖像》,终因群体的涣散及各自生活的疏懒、包括生存的压力而事半功倍!已排好的《重塑背景的肖像》书样,被我随身携带着,像一只遐想的风筝一样带动我未完成的想象。

这篇爱丽丝的另类奇遇记几乎未谈到过诗人们的事件,只是谈论他们的文本,但安石榴于70后而言,有两个意义,一个意义便是成为"70后的兔子",70后在他的《外遇》与黄礼孩的《诗歌与人》之后,浮上了时光的水面。安石榴的"70史"意义有目共睹。

但爱丽丝更想说的是安石榴的诗歌,在这一代人中,他是最早进行口语写作的实践者,虽然这种实践并未一直持续或引起很大反响。在疯狂的茶点会上,帽子匠曾这样对爱丽丝区分什么叫口语,什么叫口水。

"下半身与垃圾派那种就叫口水,毫无节制、黄色段子、粗口、YY,这就是口水诗歌。"帽子匠将把手放在睡鼠身上,把它当做扶手。

"口语呢?什么是口语?"爱丽丝自己倒了杯茶,又撕了块面包。

"口水是口里流出的水,"鼠被弄醒了,擦着流到地上的口水,嘟嘟囔囔地说,"口语就是口里说出的咒(诒)语。"

帽子匠将睡鼠的头使劲往下压,又将它压到了睡眠里。

"口语……就是经过筛选的、节制的、干净的日常语言……在安石榴之前,我们可以看见李亚伟、某部分的于坚、韩东、叶辉等人的口语写作。"

"还有伊沙。"鼠又冒出一句。

帽子匠将睡鼠再次压下去,近乎自言自语,"伊沙那是口水,著名的口水大王,他屁股后面就是下半身——一溜长长的粘黏乎乎的口水。"

一直没说话的三月兔叫起来:"抵达本真几近真动的言说。"

帽子匠喝了一口牛奶,说:"这是评论家陈仲义的说法,他定义的是'语感',口语写作的贡献是语感,学院化写作贡献的是陌生化的努力,口水写作贡献的是垃圾与排泄物。"

那只叫安石榴的兔子正经过茶点旁边,急匆匆地赶往王后的槌球场,它终于拿到了它的帽子与手套,听见帽子匠的话,点点头,并没有停下他急匆匆的脚步。

"你来朗诵一首诗。"三月兔对爱丽丝说。

"凭什么是我?"爱丽丝不高兴,她不喜欢背书。

"再背诵一首也没有关系。"月兔说。

"我没有背过,不能说'再'。"爱丽丝说。

"既然没有背,再背一首很容易,"帽子匠说,"要是没有背再少背一首可就难了"。

爱丽丝只好背一首诗,她想背的是《滴的里滴》,结果背出来却是这样的:

　　我从前门上车

　　像一枚硬币被扔进投币箱

　　公共汽车打着饱嗝

　　(请乘客主动投币,并欢迎大家使用 IC 卡。)

　　普巴投币一元

　　冷巴投币两元

　　无论以什么身份上车

　　都要遵守公共规则

　　(上车的人多,请乘客们往里靠拢,多谢合作。)

我的一只手被吊环侵占

另一只手被公文包套住

我在遐想中晃动着身体

在生活中打着趔趄

(车子启动,请乘客抓紧扶手。)

城市是一座巨大的造梦场

公共汽车是梦中的马车

我是梦游者

在梦境中接受美德的教导

(尊老爱幼,是我们中华民族的传统美德,请乘客主动给老、幼、病、残、孕妇、抱婴者让座。)

(请不要在车厢内吸烟,不要随地吐痰,不要乱丢果皮杂物,做文明乘客。)

候车亭的人们像一只只企鹅

生活布满出口和入口

在合理的吞吐和提醒中

我确认着方向及地点

(前面站是***,下车的乘客请准备。)

谁可以为我指定一扇门

在我消失和出现的街口

有谁像我一样

暗暗注意我的行踪

(***站到了,请乘客按指定的车门下车。)

我从后门下车

爱丽丝吓了一跳,这些句子从她的嘴里跑出来,想停下停不下,《滴的里滴》变成了安石榴的《公共汽车》。

"这就是口语诗。"帽子匠说,他切了一块面包,又倒了一杯茶。

"这是一种真诚的写作。"睡鼠打了个长长的哈欠,从睡梦中醒过来,这次帽子匠并没有压它,任它说话。它说:"口语写作很多出于一种写作策划,从韩东、于坚到伊沙到下半身,都是一种策略性的口语加口水的写作,那些口语或口水并未出自于他们真实的生活,而是基于引起写作反响的策略,所以韩东才将维特根斯坦的'我的语言的界限就是我的世界的界限'篡改成'诗到语言为止',以让'他们'的口语写作获得关注,而伊沙之后的年轻人们,才会在口语中兑入性与政治以形成焦点。但是,安石榴的口语却不是策略性的,而是源于生活的真实与真诚,这种洁净的有所选择后的口语,正是叙述与反思日常生活的天然恰当的语言方式。这首诗在客观化的、标准化的官方口语(汽车上的提醒)与叙述者的叙述之间形成对比与呼应,日常的、底层生活的关怀与对命运的随想盘诘、互否但又相生,在蒙太奇镜头的切换间,思想的游离与命运的游离、荒诞感被表达出来。"

"这不像睡鼠说的话。"三月兔打了个哈欠,像被睡鼠传染了睡眠似的。

睡鼠当没听见一样,接着说:"所以,在70后的诗人中,如果要寻找较早的口语写作,还得找到安石榴这里来,对日常的关怀、对命运的反思、对荒诞感的刻画、对"栖居"的追问,一直是他在干净的口语中所坚持的。但更多人更愿望谈论他的生活而忽略了他的诗歌,其实在这一代诗人中,他的诗歌是一条被荒草掩埋了的正确的路径。口语的小径。"

爱丽丝听得云里雾里,她想了想,说:"可是一只睡鼠怎么会知道诗歌呢?"

"是啊,"睡鼠也好奇地说,"可是一只睡鼠怎么会知道诗歌呢?"说完他又打了个哈欠,沉入睡眠中,帽子匠将手放在它身上,当他是扶手。

"其实,我是被一只柴郡猫指引到这里来的。"爱丽丝不安地说。

"那么,可以向我们说说柴郡猫吗?那只疯猫。"

"既然你们都知道它是一只疯猫,我为什么还要说它?"爱丽丝说。

"因为我们都知道,所以才要说。"帽子匠与三月兔异口同声地说。

74

第十二章　爱丽丝的引文

　　于是,爱丽丝说,呃,不是爱丽丝,是汉娜·阿伦特说:他(本雅明)最大的野心却是写一本完全由引文组成的书。而奇怪的愿望一直为后来者津津乐道。本雅明说:"我作品中的引文就像路边的强盗,发起武装袭击,把一个游手好闲的人从桎梏中解救出来。"

　　也许本雅明的引文的目的不是为了拯救,在论文写作中,引文的目的是为写作者的观点提供合法性的证明，形成一种"理论背景"，但本雅明的原意不是这样。他认为引文的现代功用诞生于绝望：不是对过去的绝望，像托克维尔所说的那样，拒绝"将它的光投向未来"，让人类的心灵"在黑暗中徘徊"，而是诞生于对当下的绝望以及摧毁它的渴望。所以引文的力量不是保存，而是清除、撕裂上下文，是摧毁的力量。

在这一章中，爱丽丝打算使用引文来搭配文本，其实上面一段话的某部分便是引自汉娜·阿伦特的《黑暗时代的人们》一书。再接下来，爱丽丝打算用引文来谈论孙磊与蒋浩。

爱丽丝先引用他的朋友史幼波在《记忆中的'70年代后诗人们》一文的片段来谈论孙磊，当然，所有的引文都是断章取义的，一种不道德的"抢劫"行为。

> "对于孙磊，我想说凡是爱诗的、写诗的人都应该记住他的《朗诵》。然后，我相信其中会有许多人将记住那些精彩的短制，譬如《短歌》，譬如《那光必使你抬头》、《那人是一团漆黑》等；再就是《谈话》、《远景》、《碑文》、《相遇》等"昂贵而奢侈"的长篇，这恐怕只有少数与灵魂有对话能力的人才可能为此热泪盈眶。……哑石说他读到的是一个'为事物的汁液而生的诗人'，朱杰说'他那么年轻，居然如此优秀！'而我则直接跟他说，他将'用

一生的感激遭遇那些光芒'。吕叶更得意,因为是他为我们'发现'的这个与我们'连说话的语气、声调都太像了'的年轻的'天才'。"

刘波在《词语里的精神漫游者》一文是如此谈论孙磊的:

孙磊作为 70 后诗人群体中最早开始诗歌创作的先驱,他带着五六十年代出生的前辈诗人们诸多传统进入了冥想与幻化的境界里,那些永恒甚至虚无的词语意象在一种纯美的表达里获得了不同寻常的宗教意义。悲悯的终极关怀与长歌当哭的忧伤使孙磊的诗歌具有一种罕见的思想力度与情感气质。

由于受国外优秀诗人与中国学院派诗人的影响,孙磊诗歌创作从一开始就运用书面语色彩极为浓厚的"公共意象",在宏大与辉煌的隐喻结构中排斥了传统诗歌的非常规因素——口语与表达日常生活经验。他更多关注的是诗歌的厚重与深沉,孙磊并没有改变,他一如既往地走了下去,并赢得了很多人的尊敬与喜爱。这是孙磊诗歌的神话精神与生命意志同当代诗歌竭力拒绝走向肤浅的实践具有了某种程度的遥相呼应,当理想与灵魂在这一代人心中已逐渐消逝的时候，孙磊的诗歌还保持着一个年轻人内在的使命感已属难能可贵。他曾经为自己创作诗歌表达过这样的意思，我们的日常生活中充满了许多肮脏的东西，他写诗的目的就是在洗刷这些肮脏的东西，这或许不止是身体的沐浴，更重要的是一种精神的沐浴。所以孙磊始终在关注着人的精神境遇，这是他的诗歌与某种信仰有着内在联系的原因。但是这种信仰并不是他在作自我的精神囚禁，也不是在面对困难时所选择的精神逃避，而是可以用孙磊在一次访谈中所说的那句话作为解释——"生命和诗歌在某种意义上是同等重要的"。他所认为的诗歌最理想的状态不是意象与象征的精致，而是一种精确与到位的表达，包括每一个棱角分明或模糊的词语都不例外。

我们在理解孙磊诗歌的时候，都会自然而然地想到，表达的有限性与理解的无限性形成了诗歌创作与解读的诸多矛盾，这是不可避免的。无法拆解的整体性与无法解构的严肃性在孙磊绝大部分的诗歌中都曾占据着重要的位置，它们作为捆绑在一起的永恒规则和谐地呈现在其诗歌表达中。因为孙磊在很早的时候就意识到了诗歌于自己生命的重要性，而这时他恰恰获得的就是那种

最为原始的对童年记忆的温情意识与对理想状态
的激情言说。就像他早年受朦胧诗人与海子的影
响创作了大量的乡土诗一样,他在诗歌与生活间
游移不定的状态让他频繁地以诗歌作为自己排遣
忧愁最好的方式。毕竟,在他的心中,人生是一场
悲观的戏剧。

关于蒋浩,史幼波在《记忆中的'70年代后诗人
们》中说:

　　前一阵听一位刚去过北京的朋友说,蒋浩在'
70年代后诗人中快成为"老大"了。但愿这声誉
不会成为累赘,尽管我知道这种担心可笑而多余。
他离开四川后的这几年,我陆续读到了他的《词
语》、《说》、《说吧,成都》、《人与事》、《没有终点的
旅行》、《厌倦》、《一座城市的虚构之旅》等等,我
想他肯定还写了更多得多的作品,而且也相信其
每一件作品都会像上面提到过的那些一样,相当
成熟、练达、老辣。虽然他总是处在不断的变化之
中,但却似乎没有过渡期,仿佛他那块田里什么都
长,而且一夜之间都发育得那么茁壮、饱满,只需
成片收割。那年在彦龙的农家院子里小聚了一次
之后,我便一直对他充满了期待。如今,我依然处

在期待之中。我多么希望在他大面积收割完近几年那种成熟、稳定、质量上乘的丰富诗篇之后，突然又带给我像初读《东坡村札记》时的那种几近粗粝、原始的钝击啊！他早先给我的感觉是一个出世情结很重的人。从他近年的作品里我能看出他对文本形态的自觉探索和对精神量度投入的审慎自律。也许他现在的作为是想在精神世界和庸常世界之间建立起一种结实的、更合乎理性的平衡关系？也许他是想在全面地触摸当下社会背景中人的真实生存经验之后，再对终极问题作进一步清算？新近我又读到了他的《旅行记》，发现他身上竟然潜藏着如此温醇、蓊郁的柔情，难道他正在被"永恒之女性"所引导？对于这位常不修边幅，但内心颇多古典气质的诗人来说，或许是个好兆头。

关于孙磊与蒋浩，所有的人都论述得比爱丽丝更好，爱丽丝对柴郡猫说：

"但是我保留我的意见，A. 孙磊与蒋浩的写作是泛学院化的写作，有着学院派写作的通病（如果那些'病'的确是存在的）；B. 他们的诗其实面目模糊；C. 他们的诗有翻译语体写作的那种假装出来的优雅；D. 他们在语言上口齿不清；E. 他们的写作方式导致他们在成名之后再没有写出过独创性的文本。"

　　柴郡猫说："咪……我不理解你的意思,但他们就没有好的一面? 比如笑容……"

　　爱丽丝心想,"所有的事物都有两面,脸后面是后脑勺,脸不好看的人后脑勺也许不那么难看吧,"于是爱丽丝不敢看柴郡猫的眼睛,低声说,"也许吧。"

　　"你说的'眼屎'(也许)是什么意思?"

　　爱丽丝嘀咕了一下,说:"1. 他们的写作本质是一种练习,有助于训练技艺;2. 他们的写作方式有利于得到学院派的关注;3. 他们的文本特别有利于用种种理论去谈论,为谈论而出现的谈论体的文本;4. 他们的优雅与节制在同代人中形成了良好的示范效果;5. 在技艺、情感、阅读、经验之间,他们做到了很好的平衡;6. 你愿意阅读他们的文本吗?"

　　"我总读不下去,"柴郡猫说,"再见,我该去找柴郡鼠了。"

　　刘易斯·卡洛尔写道:

　　　　"好吧。"猫儿说,这一次,它消失得挺缓慢,先从尾巴开始,最后是嘴巴上的微笑,那个微笑在它的身体消失后很久才消失掉。

　　然后,爱丽丝去找三月兔,刘易斯·卡洛尔继续

写道：

　　她没走多远，就看见那个名叫三月的兔子，她觉得那准是兔子的家，因为房子上的两根烟囱像兔子的耳朵，房顶上铺的是兔子毛。

第十三章　两种进门的方式

　　爱丽丝要去一座房子里，她朝那小房子张望了一两分钟，看见有个鱼仆人去敲那门，有个青蛙仆人出来开门。鱼仆人（其实他只是脸长得像鱼）将一个巨大的信封交给青蛙仆人（其实他只是眼睛像青蛙），然后走掉了，剩下青蛙仆人坐在门外的地面上，两眼望着天空发呆。

　　刘易斯·卡洛尔写道：

爱丽丝怯生生地走到门口，敲响了门。

"敲门什么用处也没有，"仆人说，"这是因为两个原因。第一，我跟你一样也在门外；第二，他们在里面闹得乱糟糟的，谁也不可能听见你敲门。"

"那就请你告诉我，"爱丽丝说，"我怎么才能进去呢？"

"要是我们分别在门的里外两边，"仆人并不理睬爱丽丝，只顾说下去，"你敲门还是有点意义。比如说，假如我在里面，你可以敲门，好让我开门放你出来。"

这段对话颇有禅意。先讲到这里，一会再接着讲爱丽丝与仆人的故事。在爱丽丝看来，《爱丽丝漫游奇境记》本质不是一本童话——相信并没有几个小孩子读懂它或喜欢它，相反，西方的写作者们倒常常在著作中引用它的某些片断（但像《爱丽丝漫游70后》那样大篇幅地无耻引用这个故事，却没有过），因为它本质上是一本逻辑学、哲学、语言学、童话的大杂烩。在爱丽丝看来，这一段讨论如何进门的部分，其实正是关于宗教问题的探讨（不知卡洛尔会不会被这种解读气得在地下翻过身来）。

仆人与爱丽丝的态度与方法，代表的是基督教与佛教进入彼岸世界的方法。

　　爱丽丝的方法让爱丽丝想起臧北的写作（汗，什么句子？其实这两个爱丽丝所指并不同，你懂的）。在70后的诗人中，从佛家的角度进行写作且较为成功的，正是臧北。臧北本身是个佛教徒，一直在进行佛教方面的修习。但臧北的写作不是对佛教元素的堆砌，不是将写作当做修行的手段，他是严肃意义上的以文本为目标的写作。在臧北的文本中，很少发现佛教的意象或元素，他写的是日常生活的细节、即景、咏怀、赠人……是比较传统的写作出发点，但与半鹰半狮兽不同的是，臧北的思维方式更为当下化，对象更为新颖，也更关注哲学层面的议题。

　　臧北的思维更为跳跃，诸如《忆故人》一首：

85

　　　　我将用死亡
　　　　建造一座庭院

　　　　我知道
　　　　在落成之日
　　　　你必远道而来，故人

　　　　你必埋葬于此——
　　　　在我的死亡中

你的死亡
就像一个倒影

哦，那明月
也会掉进我的眼睛
嗵——
如果没有爱情的遮蔽

在此你会发现他是超逻辑性的，不像苏野或育邦那样讲究内在的逻辑（这样比是因为他们的写作有些面目上的类似），"你必远道而来，故人"这是可以想得到的，但"你必埋葬于此"则超出阅读期待了。而"在我的死亡中/你的死亡/就像一个倒影"更有些匪夷所思，然后接下来不再谈友人，却将目光转向了明月。更不好理解的是，此诗的标题是"忆故人"。在此诗中，诗人处理的是死亡与爱情之间的关系，因为爱情的美好，那死亡带上了美好的气息，也因为爱情的私密性，那死亡也变得更为神秘，爱情与死亡一直是诗歌一个永恒的主题，也是现代哲学所不曾回避的主题。因为这种哲学性的提升，让臧北的写作获得了打破传统审美与思考的外壳。

有趣的是，在臧北的写作中，一些现代的后现代的元素自然地挤了进去，诸如这首《欢乐颂》：

只要云霞满天
每个人就拉起手
我们跳舞，跳支爱情舞吧

跳你美妙的智慧和腰身
把分歧也跳进去
跳你神奇的魔法和吻
把流星也跳进去

哦，上帝也赶来凑热闹
就让他敲起手鼓
我们只管跳舞

只要云霞满天
每个人就拉起手
我们跳舞，跳支爱情舞吧
如果你觉得孤独

　　一个佛教徒开口闭口"上帝"，你想想是多么的滑稽，魔法、吻、上帝、爱情……这些绝不是古典诗歌所要处理的，也不是一个佛教徒所要处理的，但臧北却将它们融合进一首诗里，佛教是不讲"欢乐"的，而他偏要写《欢乐颂》，其后现代的嬉皮笑脸的姿态可见一斑。

为什么为会这样？

因为臧北在写作中不是参的"苦禅"，修的不是"律宗"，从中我们发现无所不在的禅意，禅是什么？禅是佛教与中国儒家文化相嫁接后开出的花，灿烂、欢乐；禅是生活的艺术；禅是活生生的，不是死气沉沉的。所以，臧北的诗中总是充满了跳跃思维的乐趣，甚至饶舌的乐趣，发现新事物的乐趣，爱的乐趣……

艾丝丽最喜欢臧北的一首小诗，题为《瓦山·4》

蟑螂花开了

在瓦山

非常简单的一次即景写作，一切如字面所现，一切如字面所讲，没有深意，没有隐喻，没有技艺，只是把"在瓦山，蟑螂花开了"这句话倒装一下，但其间的禅意却强烈地扑面而来，这就是"人与世界的相遇"，是"庭草无人随意绿"，是"以物观物"……其间的禅意与诗意如那花的芬芳一样弥漫开来。

这种禅意的写作在臧北的诗中比比皆是，他并不是正儿八经地谈禅说佛，他快乐地、或平静地、或快速地去写生活中的事物、经历过的事物、所思的问题，但文本间的禅意挥之不去。这就是臧北的写作：直接、快速、舒朗、禅意……在禅宗那里，要进入一个事物或一个境界不需借助外物，你在刹那间就可以步入其中的，在悟的那一瞬，在心有所动的那一刹间。就像爱丽丝直接进入了那门一样。

爱丽丝与仆人说了半天，不耐烦了，也不敲门，也不征得同意与否，"她打开门走了进去。"就如禅宗里一样，直接就抵达了那个境界。

　　而那个仆人则很虔诚地等在门外。

　　"我要在这儿，"那仆人回答，"一直坐到明天……"

　　"说不定还得坐到后天呢。"仆人又说。

　　这位仆人好像觉得，这是个重复自己说法的好机会，就换了一种说法说："我要从早到晚，一天一天在这儿坐下去。"

像不像一个虔诚的基督徒？像不像，像不像？你说，"嗯，比较像。"

好吧，那我们来说说黄礼孩。黄礼孩也是 70 后的兔子中的一只，一只消失了十年的兔子，在出过两期 70 后专辑、两本 70 后选集之后，就消失在丛林间，再也不管爱丽丝了。但黄礼孩的写作在文本上越来越优秀，爱丽丝一向非常看好黄礼孩的文本，认为他是一个潜在的将会长成大师的写作者,虽然许多近视者分辨不清而嘲笑爱丽丝的看法,但爱丽丝却从不曾改变过自己的看法。

在黄礼孩之前,这种站在基督教的信仰中写作的人不在少数,典型者如90年代的沙光、进入新千年纪之后的鲁西西,在神的光芒之中,沙光的写作是一种向上的天路历程,鲁西西的写作在圣经的语境中歌唱与感受神性之光的漫过,而在黄礼孩的写作中,神性像光芒一样照耀他的内心、他简洁的生活与从容的命运。

黄礼孩的诗是如此的干净与透明,其间没有阴影、没有仇恨、没有抱怨、没有负面的事物,那些文字有如光穿过冰雪,又如坐在天堂的台阶上倾听神的秘语。诸如《窗下》:

这里刚下过一场雪
仿佛人间的爱都落到低处

你坐在窗下
窗子被阳光突然撞响
多么干脆的阳光呀
仿佛你一生不可多得的喜悦

> 光线在你思想中
> 越来越稀薄　越来越
> 安静　你像一个孩子
> 一无所知地被人深深爱着

只有内心如此干净的人、被神之光芒彻照之人才能写出这样的文本，诗人行走在尘世之中，以虔诚之心安静地等待，那源于天国的光芒突然照亮了诗人的等待与生活，让他在获得了一生不可多得的喜悦，如果说禅意的行动者有他们悟时的灿烂与轻盈，那么基督教的等待者也因为等待而获得了彻照。

神性写作在 70 后并不多见，在基督教方向的写作代表者是黄礼孩，在佛教方向的写作者是臧北，两个人，两种方式，一个是爱丽丝——精灵，一个是仆人——上帝的子民，构成了进入那道门的两种方式，门在那，进得去的有福，坐等的也有福，你心中有神无神都会有福，只要你被那道神秘之光所彻照。

在《黑客帝国》的结尾处：尼奥在地铁碰见的那个小女孩设计了一个程序，让天边显出绚丽的彩霞，那道彩霞，先知看得见，小女孩看得见，程序之父也看得见。

事情就是这样。

91

第十四章　爱丽丝的奖品

　　行文到现在，在爱丽丝的视野里，该关注的诗人与写作方式都关注了一遍，只有上帝和苍蝇才具有复眼，它们才能三百六十度看到一个完整的世界，而凡人却不同，人类的眼睛在不转动头部的状态下，垂直方向的视野范围是 120～140 度，水平方向时一只眼睛的视野范围约是 150 度，双眼约为 180～200 度。两侧眼睛所共有的领域垂直方向约为 60 度，水平方向约为 90 度。所以,爱丽丝肯定不可能"客观地"看清楚 70 后的真实存在。

并且,人只看见他们想看见的东西。

以上就是爱丽丝所看见或想要看见的事物,至于她为何没看见"下半身的"或一些因深深懂得诗歌政治而不断得奖的诗人?那是因为她的"选择性盲视。"

在人的双眼所看见的范围中,能明晰地看清的只有 25 度左右,而这 25 度范围内所看见的,基本上是代表性的,于爱丽丝而言,以上这些诗人便上 70 后代表性诗人,至少他们的写作代表了整个 70 后的大体存在(爱丽丝听见文本外一浪又一浪"我们不要被代表"的呼声,汗~)。此外,还有一些无法被归类的特立独行的诗人被爱丽丝的眼角余光看见了——事实上,以上关注的几乎都是特立独行的诗人,那种主流写作的或流行性写作的诗人,不在爱丽丝的关注范围之内。

爱丽丝眼角的余光中(不是那个诗人,暴汗),看见这些人:黄金明、阎逸、宋烈毅、谢湘南。

他们都有一个特点,擅长写长诗。

黄金明有一种奇特的深挖的能力,他的诗一向较长,多是百行以上,在他的诗中,围绕着一个主题或意象不断地挖掘,从各个侧面挖掘,向中心挖掘,"那个聪明人在自己身上挖掘/他像洞穴被掏空/而我像多余的泥土也被他一锹锹抛出外面",《我是你们的陌生

93

人》之中，这个挖掘与被挖掘的形象，正是他的诗歌一向的姿态。这种将一个主题深挖到底究其真相的写作者，70后中就只有黄金明一人。今天的写作与古典农业时代的写作区别在于：古典农业时代的写作是在事物的外部打转，而今天的写作是要深入事物的内部，探求事物的真相，发现它与这个时代之间的关系。当然，事物未必有一个所谓的真相，但探求的过程即是一种建构的过程。在这个意义上，黄金明的写作具有"姿势上的正确性"。在诗歌风格上，黄金明具有一种滔滔不绝的言说才能，它总能找到许多词作为手术刀去解剖那写作的对象，也许他的目的不是找出对象的真相，而是穷尽各种词语的可能，言说的快感之间有一种幻觉，在这种幻觉间，便是写作对象与写作者之间的关系，那真实不是源于对对象的解析，而是源于解析的过程。这种钻井式的写作，让黄金明写出一批批长诗，并保持着不断写作的惯性与动力。

阎逸一直是个被关注得不够的诗人，他的拿手好戏也是长诗，《冬季随笔》、《对十一月的阐释》、《巴黎书信》、《猫眼睛里的时辰》、《电影故事》、《秋天：镜中的谈花或开场白》等长诗，都是这一代人中非常优秀的，也是被忽略的——因为这一代人缺少消化长诗的胃。与黄金明的长诗不同，阎逸长诗的钻头更锋利一些，旋转得更快一些，那些语言的锋刃在旋转时飞溅出暗示、双关、盘诘、互否、互文、反讽等碎屑，我们试着随意从《猫眼睛里的时辰》一诗中节选出这样的片段：

正如我们所知：最后被作者
终身监禁在单卧室公寓里
以走私青春的罪名
用世界的四角固定一个
露天剧场，用心灵的织布机
织出新格局，扁平的情感
终于变得圆滑。一部分秩序
仿佛按顺时针转动：在黑色中
听见乌鸦（爱伦·坡说
它那眼睛恶魔似的
充满了凶险……）听见白羽毛
一根根变黑，穿黑外套的人

在类似这样的诗行间，你会发现推动着诗向下的是词语自己的生长，每一个词都找到它所派生出来的上一级词，而它也会派生出下一级诗，如是深入，如果说黄金明的钻头靠的是想象，那么阎逸的钻头靠的是语言的生长，比如，黑色——乌鸦——爱伦·坡——恶魔——凶险——白色——黑外套，这是一个从"黑色"

生长出来的谱系,就靠着这样的"词语生长术",一首长诗得以完成,但这不仅是语言的惯性与生长,它也是写作者对对象的处理与对思想、情感的驾驭。在长诗中,情感被抑制,智性得到呈现,长诗于是在深入世界并解析世界的过程中,成为了另一个诗性的世界。

宋烈毅的长诗推进的方式又截然不同于黄金明与阎逸的推进,在一个深受余怒影响的省份写作,宋烈毅的短诗中有余怒的影子——所有安徽年轻一代的写作都受到余怒的"污染"。而长诗则只有一点点,爱丽丝说,"一点点儿……"儿化音不明晰,嘴角往上飘了飘。宋烈毅在短诗中更多是场景变幻出荒诞的效果,而在他的长诗中,则是生活场景的不断叠加——这是他长诗钻头的推进方式。余怒式的写作方式不可能完成长诗的架构——所以余怒没有成功的长诗,所以宋烈毅的长诗中较少短诗中那种超现实的变幻,更多一点是实在的场景,当然,也不可能全部抹掉短诗的风格。场景的叠加需要的是一种自制力,也需要一种空灵,因为这种叠加可以是无休无止的,在过度的叠加中诗歌会变成一堆废墟,所以自制力非常重要;长诗有如一盘围棋,需要活眼,这种活眼就是空灵感。宋烈毅的才华是在不断的叠加中把握好一个度并给出了活眼,所以他的长诗让人可以读下去——能读得下去的长诗并不多。

在 70 后的长诗中，是应该记下谢湘南的《美人》，谢湘南在写作短诗时可能比较随意与过于生活流，但当他写作长诗时，就有如从深睡中醒过来的雄狮，可谓行云流水绵绵不绝，高潮迭起华彩纷呈。长诗带有史诗风格，或者说本质不是史诗，但《美人》却是后现代主义的长诗，仅是长度上的长而不是叙述或事件上的长。爱丽丝于 2005 年第一次听他朗诵这首长诗时，笑得变成了一只刺猬，笑点在哪里？在对众多名诗的戏仿，那些名诗名句的正经被"美人"串联起来消解掉，在激情的推进与戏仿的过程中，"长度"被消解掉，取得了短诗那种激烈、有力的效果。诸如这一段：

　　　　城市在出租车的尾气里起雾

　　　　滴水的声音像折下一条细枝条

　　　　花坛最终让出了自己的位置

　　　　美人在深夜照出了一切的骨头

　　　　哦　美人　亲爱的美人

　　　　为什么我的眼里常含泪水

　　　　因为我对你爱得深沉……

　　　　美人　我需要你　粮食　我需要你

　　　　美人　我需要你　房子　我需要你

　　　　美人　我需要你　钢铁　我需要你

　　　　美人　我需要你　煤气　我需要你

　　美人　　我需要你　　电脑　　我需要你
　　美人　　我需要你　　深圳　　我需要你
　　美人　　我需要你　　毛泽东　　我需要你

　　在这种无厘头的饶舌中，杨键《古别离》、吕德安《父亲和我》、臧棣《游泳池里的胡蜂》、艾青《我爱这土地》等诗被戏仿，而美人不断地回旋与强调，让此诗的可读性、可听性被推到一个极致。《美人》是70后诗人中给爱丽丝留下印象最深的一首长诗。长诗中的谢湘南与短诗中的谢湘南是两个人，在短诗中他是一个生活的记录者，而在长诗中则是一个才气逼人滔滔不绝举重若轻的言说者。

　　在这些诗人的热身赛，不，动物们的热身赛之后，爱丽丝要给大家发奖品。故事中写道：

　　　　"可是该由谁给大家发奖品呢？"大家齐声问道。

　　　　"这还用问当然是她啦，"渡渡鸟（如今这种鸟早已绝迹了，托西方人的福）用一根手指头指着爱丽丝说。于是，大家立刻把爱丽丝围起来，乱糟糟地喊着："发奖！发奖！"

　　　　爱丽丝真不知道该怎么办啦，无可奈何中，她把手伸进口袋里，结果掏出一盒蜜饯来，真幸运，没给咸水浸湿。她便把蜜饯作为奖品分发给大家,正好每只动物一块。

"可是她自己也该得到一份奖品呀。"老鼠说。

"当然啦,"渡渡鸟非常严肃地说。它转向爱丽丝,问道:"你口袋里还有什么别的东西没有?"

"只有一个顶针。"爱丽丝伤心地说。

"把她掏出来。"渡渡鸟说。

大伙儿再次围在她周围,渡渡鸟庄严地颁发那枚顶针,说:"我们请求你接受这枚精致的顶针。"它这句简短的讲话一结束,大家一起欢呼起来。

99

现在,爱丽丝给 70 后的动物们每个发了一块蜜饯,该轮到她给自己发顶针了,她的顶针是什么东西呢?

第十五章　爱丽丝的顶针

请参见《最后的鬼师》(育邦)、《传统之柔：水流的诗学》(茱萸)等等文章。

101

第十六章　爱丽丝的致敬

爱丽丝在兔子洞里，碰到这些有趣的独特的人们，爱丽丝向他们一一致敬（排名不分先后）：

蒋　骥

刘　春

广　子

远　人

姜　涛

湄　子
魏　克
凌　越
潘漠子
张桃洲
胡应鹏
李建春
等等

第十七章　Matrix

　　"柴郡猫咪，"她胆怯地开口对它说，她不知道它是不是喜欢这个名字。幸好那只猫的笑嘴咧得更宽了。"行，它看来挺高兴，"爱丽丝想道，于是她继续跟它讲话，"请你告诉我，我该走哪条路才对？"

　　"那要看你想上哪儿去。"猫说。

　　"上哪儿我都不大在乎……"爱丽丝说。

"既然这样，走哪条路都没关系了。"猫说。

"只要能到个什么地方就行。"爱丽丝补充道。

"那肯定没问题，"猫说，"只要走得够远就行。"

于是爱丽丝走到了三月兔家，走到了 Matrix 中。

什么是 Matrix? 请允许爱丽丝与本雅明用网上引文来解释。

"《黑客帝国》中，Matrix 不仅是一个虚拟程序，也是一个实际存在的地方。在这里，人类的身体被放在一个盛满营养液的器皿中，身上插满了各种插头以接收电脑系统的感官刺激信号。人类就依靠这些信号，生活在一个完全虚拟的电脑幻景中。机器用这样的方式占领了人类的思维空间，用人类的身体作为电池以维持自己的运行。"

在《黑客帝国》中，Matrix 是一套复杂的模拟系统程序，它是由具有人工智能的机器建立的，模拟了人类以前的世界，用以控制人类。在 Matrix 中出现的人物，都可以看做是具有人类意识特征的程序。这些程序根据所附着的载体不同有三类：一类是附着在生物载体上的，就是在矩阵中生活的普通人；一类是附着在电脑芯片上的，就是具有人工智能的机器；这些载体通过硬件与 Matrix 连接。而另一类则是自由程序，它没有载体，诸如特工、先知、建筑师、梅罗文加、火车人等。

　　《黑客帝国》中的 Matrix 是一个巨大的网络，连接着无数人的意识，系统分配给他们不同的角色，就像电脑游戏中的角色扮演游戏一样，只是他们没有选择角色的权利和意识。人类通过这种联网的虚拟生活来维持自身的生存需要，但 Matrix 中的智能程序，也就是先知的角色，发现在系统中有 1% 的人由于自主意识过强，不能兼容系统分配的角色，如果对他们不进行控制就会导致系统的不稳定，进而导致系统崩溃。因此编写 Matrix 的智能程序，也就是建筑师就制造了'救世主'，让他有部分自主意识，并成为觉醒人类的领袖，带领他们建造了锡安。"

　　本书中论述到的具体个人，可以看做那百分之一的"自主意识过强，不能兼容系统分配的角色，如果对他们不进行控制就会导致系统的不稳定，进而导致系统崩溃"。这些人是 Matrix 巨大阴影下的真正的诗人，自由的灵魂，另类的沉思者。

　　Matrix 其实分为敌对的两部分，互相挑战，各占霸权，一部分是翻译语体写作者，一部分是口水写作者。

它们的共性要大于它们的特性。

形成群体。翻译语体写作者依附于上一代的"知识分子写作"诗人周围，与他们一体化，享受既有的社会资源与利益。口水写作者亦依附于上一代口水诗人，貌似时而争吵时而和好，标榜"在民间不团结就是力量"，其实这一切都是演戏，他们亦是一个与翻译语体写作群体争夺话语权与利益的一个群体。这两个群体共同构成了自上世纪末以来的诗歌 Matrix，如果说其中一面自称为正，另一面即为负，它们的存在是建立在另一方存在的基础之上，一旦一方消失，另一方也就会迟早崩溃，它们互相给对方提供稳定性支持。所以它们其实是同一回事，都是 Matrix。

Matrix 形成集体写作。其实 Matrix 指的正是集体写作，在 80 年代的"广场写作"之后，90 年代基本进入了"书房写作"甚至"密室写作"，到了这两个写作群体出现之后，又形成了策略性的集体写作。广场写作的共性是不约而同的，历史的必然性导致，书房写作是广场写作的崩溃与自由化，而集体写作则是基于世俗利益的策略。Matrix 控制了每一个它的成员，在他们的体内植入管线，他们蜷缩着不动，但意识按 Matrix 的固定程序在虚拟的公用空间内形成一个世界，他们是 Matrix 的电力提供者，Matrix 则将它们种在一个集中的地方，他们只是意识上形成一个华美而自足的

"当下世界"。翻译语体写作是那些插了管线的电池人,口水写作也是那些插满了管线的电池人。只是分属于不同的器皿而已。

　　这些电池人形成了共同的利益群体,互相战斗。在 Matrix 那个虚拟出来的繁华世界中,口水电池人非常好战,在一切场合攻击翻译语体电池人,从"盘峰诗会"开始,到网络、到民刊、到官刊,口水电池人为赢得更多的注意力而不断地向翻译语体电池人发动一次次进攻,有时他们会成功,有时则不会成功。而翻译语体电池人则基于自保形成一个群体,对应对口水电池人的挑战,他们从个体上而言比口水电池人更强大,但在进攻面前,也只好联合起来,形成更为强大的一个群体。两个群体为了各自共同的利益而战争,哪一些利益? 话语权、知名度、奖项……

　　一旦利益一体化,写作自然也就一体化,或者说写作既然一体化,利益也就一体化,其实不分前后,利益与写作一体化都是同时进行的,它构成 Matrix,既而在 Matrix 强大的威力下,都成了给 Matrix 供给电力的电池人,然后,这些电池人又继续维持着 Matrix。

　　Matrix 最大的弊端在于一致性。翻译语体电池人喜欢使用西方语气、意象、主题,向西方大师们不断致敬或克隆他们,猛一看,还以为他们的文本是从西方诗歌翻译过来的,因为他们模仿得那么逼真。但其实还是有可分辨之处：西方大师的作品基本上比较明晰，而电池人的文本则口齿模糊，不知所云，缺乏整体性，但却表现出构成分析话题的高超的技艺。他们将"知识分子写作"发挥到了极致。群体写作的结果是，一篇文本出来，抹掉作者名字，便不知道是谁写作的，可以猜是 A、B、C、D 中的任何人。同样，口水电池人的写作也是一样，他们喜欢用口水话讲黄段子、爆粗口、意淫、自我作践，用下半身指挥脑袋，他们将 80 年代开始的"莽汉"写作与"他们"写作发挥到了一个极端，到了人性的最卑劣之处。这是一群文化民粹主义者、反智主义者，任何一个个体写出来的文本，也无法猜出是出自哪一位成员之手，因为都是同样的小聪明、小包袱、黄色、口水。翻译语体电池人是 Matrix 的正面，口水电池人是 Matrix 的负面，一样整齐、模糊、缺乏个性、没有写作上的哪怕一点贡献，相反，却形成了强大的遮蔽场。

十年以来，Matrix 的力量虽稍有减弱，但仍然处于被神化的光芒之中，学习写作者或者学习翻译语体电池人，或者成为口水电池人，只有极少数游离者在 Matrix 之外游荡，试图拯救诗歌这个被商业日益侵占的"锡安城"。

Matrix，中国诗歌最可怕也最负面的力量，70 后绝大多数诗人成为其中的电池人。

第十八章　狐狸为何没有长尾巴

整个70后在文本上的最大问题是：缺乏典范性文本。

何谓典范性文本，它在诗歌界是大家共同承认的或大部分人承认的文本，公众因知道这些文本而知道作者，这些文本对后来者形成良好的影响，甚至影响下一个时代。

你可以举出一堆又一堆70后诗人的名单，但你永远不知道这些诗人写过哪些名篇——爱丽丝所致敬的名单上的人们，即是没有名篇的人。有一些诗人在初出道时写过一二首行内人知道的"名篇"，但十年再也没有类似的"名篇"出现，孙磊、蒋浩等人即是以"名篇"出道，后来再没能写出超过"名篇"的作品。就是这个现实，事实就是这样子。

为何没有名篇？爱丽丝试着解释。

A. 一诗走遍天下的时代已经一去不复返。在80年代，凭一首像样的诗便可以走遍天下不愁吃不愁喝，凭一首诗便可以成名、得奖、跻身诗坛。因为那个时代是诗歌代替娱乐、诗人代替明星的狂热时代，所以一首勉强过得去的诗，就可以成为名篇。而70后生不逢时，不说凭一首诗，就算凭一百首诗，也不可能走红，凭一个文本走红的现在是歌星，是影星，不会是诗人。70后诗人们的文本质量肯定不在80年代那些诗人之下，但历史语境不同，效果也就不同。

B. Matrix不产生名篇。Matrix需要的是遵从系统平衡的需要，它是"维稳"机制，会"河蟹"掉有可能另类写作的念头与文本，作为Matrix中的电池人，一般而言不会轻易挑战Matrix的稳定性与集体审美，不会在系统中形成与众同不的小高峰——那会破坏系统的平衡性。所以电池人需要不断地自我阉割，从精神到文本上。Matrix本质上是反个人主义与英雄主义的,它不允许另类文本或高潮文本的出现。只要处于Matrix之中,就不会产生名篇。因为 Matrix 的机制就是反名篇的机制。认真看去翻译语体电池人与口水电池人都没有名篇,口水电池人产生过一些自命为"牛逼"的黄段子,但那不是名篇——不对后来的时代构成良好的影响。"排排坐,吃果果,我夸你,你夸我",这是 Matrix 的奖励机制,但名篇不在这样的奖励中产生。

C. 写得太多。70 后诗人写得太多了,许多人出了一本又一本诗集,在一个又一个媒体发表,自己没有筛选机制,以为自己写下来的文本都是经典,没过脑子就发表出来,让受众的审美疲劳、焦点模糊、视觉麻木。这一代人要学会不写,才知道如何写。学会不写的本领远远大于写的本领。当写得很审慎,写出的文本经过深思熟虑,文本自然就具有一定的典范性。毕竟写作不是吃饭拉屎,不需要周期性太频繁地拉出文本。刘易斯·卡洛尔写道:

> 打球的时候,王后从不停止跟人争执,嘴里不断地喊"砍他的脑袋!"要不就是"砍她的脑袋!"那些被她判处死刑的人,就被士兵押着看管起来……除了国王、王后和爱丽丝以外,其他人全都给判了死刑扣押起来。

……

那半鹰半狮兽坐起身来，揉了揉眼睛，然后，它看着王后，直到她走得看不见影子为止，然后才咯咯地笑了起来："真滑稽!"半鹰半狮兽说，像在自言自语，又像在对爱丽丝说。

"什么滑稽?"爱丽丝问。

"当然是她啦，"半鹰半狮兽说，"那全是她的想象，你知道吗? 他们从来没砍过人的脑袋。跟我来吧。"

喊"砍他脑袋"太多了，便没有脑袋被砍，拿到公众视野中的文本太多了，便没有名篇。

D. 自我复制性。70后诗人到了三十岁左右，便碰到了发展的天花板，所谓优秀诗人，便是像蜘蛛一样在碰到的天花板上游来游去的诗人——喜欢自我复制。而大师，则是顶破天花板飞出去的——当然不是将内裤穿在外面。这一代诗人很快就形成了自己的风格，有一个自己的模式，于是，便开始不断地自我复制，看看这一代人的作品，现在的质量与十年前的差不多，如果抹掉签在后面的日期，便不知道孰在前孰在后。自我复制是非常安全的，它能保持写作者的面目，让别人辨认出自己是谁，至少不会在文本质量上有质的下滑;自我复制是可以批量生产的，以适应大规模发表的需要；自我复制是惰性的，人都有惰性。所以优秀诗人们都在自我复制，最后摹本掩盖了原本可以有望成为名篇的原本，变得不分原本与摹本，名篇，成了失落的亚特兰蒂斯。

E. 缺乏必要的评论。诗歌评论有一个不可或缺的功能：从海量文本中挑出那些真正优秀的文本，分析它们，宣扬它们，使它们具有良好的示范性——这是名篇成为名篇的必要条件。可以说没有到位的诗歌评论，就不会有真正的名篇被认出来。爱丽丝一向认为，在这一代人中间潜藏着未来的大师，只是人们缺乏指认出来的眼光与承认的勇气。70后没有名篇，便与这一代人没有优秀的诗歌评论家有关系。诗歌评论界早已式微，只剩几个中老年评论家在那里关注60年代出生的诗人，几乎不关注70后诗人诗作。80后的评论家将来有可能关注这一代人，但80后目前无评论家。最不争气的是70后，仅有数个做评论的，但不幸的是，他们或者成为学报新八股撰写者，或者变成Matrix的表扬家。从来就没有一个系统地论述70后诗歌的评论家，偶尔出了一位，却一棒子将这一代人打晕过去，其评论70后的书名居然曰：尴尬的一代。这样抹黑的评论专著于70后而言，不是久旱后的甘霖，而是久旱后的冰雹。十年过去，关于70后，没有出现任何一本客观公正的评论著作，甚至没有出现一篇总体性地关注与分析的诗歌评论(不知爱丽丝正在撰写的这一本奇遇记算不算?)。要让70后得到关注,有一些文本成为名篇,必然需要一本总体性的评论再加上一些文本细读。今天的诗歌在公众眼中已经缺标准,评论家应该通过他的指认与评论形成一个标准,在这个标准中指认出一些诗人与一些文本,名篇,才有可能产生。但70后无高瞻远瞩而有胆识的评论家,所以,70后无名篇。

F.(读者自己填原因)

G.(读者再自己填原因)

综上所述,70后无典范性文本。

爱丽丝说(好奇地):"狐狸先生,你为什么没有长尾巴?"

狐狸(翻着白眼):"我为什么要有长尾巴?"

爱丽丝:"没有长尾巴就不是狐狸。"

狐狸(很拽):"我没有长尾巴,你不是正在叫我狐狸吗?"

爱丽丝(暴汗~):"可是我还是希望狐狸有长尾巴,那样更漂亮。"

狐狸(王顾左右):"长不了,老是被王后下令砍掉。"

爱丽丝(认真地):"王后只砍头,不砍尾巴……王后从来就没有砍掉过谁的脑袋,她只是威胁。"

　　狐狸（作穿越状）："百年心事归平淡,未曾相守已白头。夜深忽梦少年事,惟梦闲人不梦君。"

　　爱丽丝（大汗狂汗瀑布汗成吉思汗）："狐狸也会作诗啊? 还玩穿越!"

　　狐狸（眨了眨眼睛,闪人）："狐狸说话你还听得懂呢? OMG,走了,沙扬娜拉!"

　　爱丽丝（冒问号地）："呃……可是狐狸为什么没有长尾巴呢?"

　　走啦,别琢磨了,以上对话是爱丽丝瞎编的,《奇遇记》没有这一段,你相信不?

第十九章 挖开兔子洞

本书的写作可谓"制造快乐的文本",爱丽丝曾一度疑惑于这种写法会不会很失败,便在博客上发起了一个投票,设置了四个选项:1.可以这样写,很好玩;2.太不严肃;3.缺乏学术性;4.没有立场;5.后现代评论的先锋写法。结果1得了16票,2、3、4得了0票,5得了10票,也许是读者们给面子,哈哈,那爱丽丝也就当真了。

虽然是"制造快乐的文本"，但写作的过程毕竟并不快乐，想到要坐到电脑前去写诗歌评论，那种感觉与上刑场差不多（爱丽丝并没有上过王后的刑场，但大家历来都这样比喻，所以爱丽丝也就人云亦云了，其实这个比喻很烂）。磨磨蹭蹭，直到爱丽丝自己也过意不去时，终于又写上一二章。回头看看居然也写了四万多字，爱丽丝狠狠心，在网上购买了本《挖开兔子洞》，台湾版的，爱丽丝说"珍贵（真贵）"，连运费 92 块人民币，其实就是注解版的《爱丽丝漫游奇境记》。

爱丽丝说这些题外话，只是为了引出"挖开兔子洞"这五个字，但文章的做法是不能直接就进入主题，总得在边上绕上几圈方入题，这与中国人的客气是一样的，"哪里哪里，不用了不用了……"半推半就入了席，事情往往就是这样。

好吧，来挖开兔子洞吧。

可是为什么要挖开兔子洞？

答案：为了救爱丽丝出来。爱丽丝不是掉进兔子洞里了吗？

挖开兔子洞有许多种方法，第一种方法是——

你猜错了吧？爱丽丝准备的答案是：深入事物。

我们的写作使用共同的词语，这些词语从古典农业时代到现在变化极小，在现代之前，我们处理这些事物：山水、爱情、生死、车、白菜、草原、衣服、指甲、路、月亮、上瘾、气、兔子……当然不只这些事物，爱丽丝只是举例，不可能将所有的事物都搬上来，这太小的餐桌放不下这么多"茶点"。在当下，我们仍然还在处理这些事物，但这些事物肯定不再与农业时代一样。

在农业时代，最早的写作是一种"模仿"（当然你也可以反驳说不是），模仿的是什么？是"理念"，柏拉图将理智的对象称作理念，理念（eidos idea）来自动词"看"（ide），原意是"看到的东西"。主要特征是分离性和普遍性。从理念出发，这个世界因而实现。在古希腊，理念是一个非常重要的概念，它与个别事物相脱离的"型相"，万物因它而派生。而在世界的创造与艺术上，"模仿"因而成为至关重要的一点，因为模仿是一种技艺活动，《蒂迈欧篇》讲到，可感世界是造物主模仿理念世界的原型而创造出来的。

模仿之所在，必然将"理念"认定为真，在艺术创造中，艺术即是模仿"真"，世界上存在的艺术的对象被认定为真，艺术的成就决定于对对象的"真"模仿到什么程度，为了尽量"逼真"，到了文艺复兴时期，爱丽丝的超级偶像达·芬奇要不断地做解剖与动物结构研究，研究人与动物的构成，以便画出更逼真的画，塑出更逼真的铜像。艺术创造的"真"到事物表象为止。绘画要逼真表现对象，雕塑要逼真重现对象，叙事文体要逼真再现历史,诗歌要逼真表达情感。"逼真"是农业时代的最高艺术要求,但仅止于宏观的事物本身。

到了现代,终于更进了一步,现代讲究的是人与事物的关系,关注的重点在于人本身,以及人与事物的关系本身,重要的不是表现事物,所以在艺术创造中事物是可以变形的,不"逼真"的,以取得形体上不逼真但观念上"逼真"。现代艺术是一种"观念的艺术"。在这个历史时段中,人与事物都是被扭曲的、变形的,事物如果说"真",那就是符合历史观念的存在。

但现在是后现代,后现代的真,应该是真相的真,这个真相不是表现出形体与存在上的真,也不是观念上的相,而是"真相"上的真。农业时代的真到事物外部为止,现代的真到事物合乎观念为止,而后现代的真呢?爱丽丝认为,是要深入事物的内部,在它的微观宇宙中去观察、解剖、分析,然后得出的结论。没错,后现代无"真相"可言,但这仅是指在观念上,如果深入事物的"兔子洞",就会有关于事物本身的真相。比如"兔子"一词,在农业时代指的是一种动物,可能是可爱的、纯洁的、聪明的;在现代,也许被变形为一种象征,或一种对存在的比喻;但到了后现代,我们应该知道这只兔子已经变成了这样的动物:喂饲料的、在饲养场的、被做成火锅的、血液里有重金属污染的、论斤的、有时是宠物的一种长耳朵的东西。再如"爱

119

丽丝"，在农业时代它是一个小姑娘或少女、妇女；到现代它是刘易斯笔下的一个童话主人翁；到后现代，它是网名、电影名，甚至是夜总会中小姐的昵称。

于是，70后的写作要面对这个最为严峻的问题：在后现代的意义上去使用那些词，去处理那些事物，在这种深入兔子洞的过程中，诗性得到显现，一种源于勇气与真实、梦想的诗性。农业时代的写作是对事物命名的写作，现代写作是追问存在之真相的写作，后现代写作，则应该是深入事物发现真相的写作——一种写作的"返真"。

在这种"返真"写作中，诗人有勇气去面对这个已经支离破碎的世界，去解析那些已经异化的、破碎的、被人工深深地污染的事物，去怀疑与重构那些"能指"。诗人不再是抱着幻想的人、不再是在观念上变魔术的人，也不再是认为诗歌就是命名的守旧者。诗歌也不再是命名，不再是游戏，诗歌，成为再次认清这世界，并因此而显现出融哲学眼光与人类梦想为一体的诗性的光芒。这是这一代诗人都必须完成的"转型"，都必须面对的"写作真相"，也只有完成这个转型，这一代诗人才会成为名副其实的"返真的一代"。

挖开事物的兔子洞，也就是挖开了这一代人的兔子洞，爱丽丝将会从兔子洞中跳出来，陪她的猫咪黛娜玩耍。

第二十章　猫吃蝙蝠吗？
蝙蝠吃猫吗

黛娜是爱丽丝的一只猫，艾丝丽在掉进兔子洞的过程中最想念的就是它。

"黛娜，我的宝贝儿！要是你跟我一起掉进这里面来，该有多好啊！恐怕半空中没有小老鼠，不过，你也许能逮上只蝙蝠，蝙蝠跟老鼠挺相像的。

可是,我不知道,猫吃蝙蝠吗?"这时候爱丽丝开始
瞌睡了,可她嘴里还在喃喃地说着:"猫吃蝙蝠吗?
猫吃蝙蝠吗?"说着说着就说成了:"蝙蝠吃猫吗?"
因为这两个问题她都回答不上来,所以不管怎么
颠过来倒过去说,都没什么关系。她觉得打了个
盹,已经开始做起梦来,梦中,她跟黛娜手拉着手,
她很诚恳地问它:"黛娜。跟我说实话,你吃过蝙
蝠没有?"

爱丽丝觉得写作的乐趣在于跑题的部分,所以她
决定讨论一下猫吃不吃蝙蝠与蝙蝠吃不吃猫的问题。

只能在搜索引擎上寻找答案啦,因为爱丽丝"两个
问题她都回答不上来"。有人 A 问:"猫吃蝙蝠吗?"

下面有人 B 回答:"蝙蝠好像是老鼠的一种,猫应
该会吃～就看能不能抓到了～呵呵～～"

猫是什么?猫是过于地方化的写作。在 70 后诗
人中,大多数中下层的写作者,都还停留在对本地农
业生活经验与感想的叙述上,尤其是西部的诗人。西
部那些偏僻省份的 70 后诗人们,总是停留在 80 年代
的语境中,所写的文本落后、老旧,处理事物的方式仍
然是农业时代的方式,最多也就到现代这一步。中国
西部的 70 后诗人们几乎没有多大的影响力。当然,东
部也未必就好到哪里去,东部许多中下等的诗人,也

仍然在自己那个小城市小村庄的经验中打滚,在最繁华的都市中写最乡下味的诗,这是中国东部诗人们常干的事。

蝙蝠是什么？爱丽丝将它假装成后现代性。如果你再问后现代性是什么？爱丽丝给你回答:"蝙蝠。"

所以这个回答是有道理的:"就看能不能抓到。"

能不能抓到？中国西部太过于地方化写作的 70 后诗人们,如何去抓蝙蝠呢？我认为可以参照第十九章。

又有人提问:"有只小蝙蝠飞到家里来被猫给吃了,蝙蝠有毒吗？猫会不会怎么样啊？"

你看你看,这个提问者 C 已经回答了前一个提问者 A 所提出的问题:猫是吃蝙蝠的,乡土诗人也可以转型向后现代性的。可是,猫吃了蝙蝠会怎么样呢？有人 D 再回答:"没事,猫比人更清楚什么该吃什么不该吃。"比爱丽丝还冷静的答案,牛人啊！爱丽丝想应该没有事,因为人都吃过蝙蝠,在他(汗,他！)小时候,见过别人吃蝙蝠,蝙蝠又叫"盐老鼠",烧熟了不加盐就有盐味了,省盐。

又有人 E 提问了:"为什么我家的猫吃了蝙蝠之后什么都不吃了？吃了蝙蝠之后吐了一天,之后就什么都不吃了,甚至连鱼都不吃了,这是怎么回事呢？"继续有人 F、G、H、I、J、K 很幸灾乐祸地回答:"中毒了,上帝保佑。""好特别的病因……拿去看兽医怕会用来做临床实验。""这个……饿他几天就没事了。""可能蝙蝠肠子里的毒性发作了,快去看兽医吧,打几针就没事了。"

跑题跑得比蝙蝠还远了,爱丽丝再回到主题上来,当猫吃了蝙蝠之后会产生什么样的后果?答案如下:

1. 形成魔幻后现实主义。拉美爆炸文学已经提供了很好的前例,当猫吃了蝙蝠之后,产生魔幻现实主义的效果,文学大爆炸就是拉丁美洲的本土文化碰上现代主义所爆发的"核裂变",拉美作家因此奇迹般摇摇身,从最土气最落后变成了最先锋最牛×,啧啧,猫吃蝙蝠的效果就是这样庐山升龙霸。

2. 猫没有了,变成了蝙蝠。这种可能性也是存在的,因为本土写作与后现代性相差太大,当两者碰撞之后放弃乡土方式,直接奔后现代性而去了,乡土性没有了。其实这也不是什么坏事,虽然猫可以抓老鼠,但毕竟不能飞,去不了更高更远的地方,人家蝙蝠虽然有些像老鼠,但毕竟也是个"空姐"啊。

3. 猫中毒了,不吃东西了。蝙蝠哪有毒,真是胡扯,只能说那猫的体质太差,被近乎没有肉体的蝙蝠给撑坏了。这种宠坏了的差猫,死就死了,坏就坏了,不要也罢,早就应该被淘汰掉了。中国所有"地方名流诗人",全是这种被蝙蝠一撑就坏的小病猫,而70

后诗人，太多人正长成为地方名流。

4. 发生了化学反应，成了既不是猫也不是蝙蝠的妖精。"啊！妖精？"爱丽丝惊叫起来，她看见一只妖精飞过去，飞过去？妖精不隐身？还飞？滑溜溜的抓不住，让人心里痒痒的，这是什么样的妖精？请参见第十章《爱丽丝的妖媚归途》中西楚的诗，就是妖精中的一种。"没有人再托付年迈的邮差捎来口信/没有人来参加这场葬礼，这过程中/黛帕达一言不发，她严实的衣襟捂着的小小城堡/没有人再能打开，没有人再能抵达……"（西楚《妖精传》）

5. 亲爱的读者，你以为会发生什么事呢？若猜到请拨打电话 13533207600 告诉爱丽丝。

那么，蝙蝠吃不吃猫呢？

人曰："蝙蝠是翼手目动物的总称，翼手目是哺乳动物中仅次于啮齿目动物的第二大类群，现生物种类共有 19 科 185 属 962 种，除极地和大洋中的一些岛屿外，分布遍于全世界。蝙蝠类动物的食性相当广泛，有些种类喜爱花蜜、果实，有的喜欢吃鱼、青蛙、昆虫，吸食动物血液，甚至吃其他蝙蝠。一般来说，大蝙蝠类一般以果实或花蜜为食，而大多数小蝙蝠类则以捕食昆虫为主。"

看看，蝙蝠吃鱼、青蛙，这种啮齿目的杂食性动物肯定会吃猫的，要知道它虽然像老鼠，但毕竟不是老鼠啊,后现代主义像现代主义,但毕竟不是现代主义啊。所以如果蝙蝠抓得到猫,肯定是要吃掉的。可是这只是"如果",毕竟没有人见过蝙蝠吃了猫之后什么样子,除了爱丽丝,爱丽丝见过。想知道蝙蝠吃猫的结果吗?请参见第七章《仿龟的故事》,胡续冬的诗便是蝙蝠吃猫的效果。蝙蝠很少吃猫,因为蝙蝠对猫的兴趣实在是太弱了,弱到几乎可以忽略不计。但爱丽丝还是希望看到多一点的蝙蝠吃猫,因为很好玩嘛?

"好玩?你说好玩?"爱丽丝嚷起来。

"是的。"国王慢条斯理地说。

"那就好好玩吧,玩不死你!"爱丽丝翻了翻白眼,"我走了,你自个儿玩去。"

走啦,爱丽丝都走了,这一节散场啦,明天再来看吧。

第二十一章　爱丽丝漫游
黑客帝国

"吃糖么?"先知从手袋(不是 LV,也不是 GUCCI)里拿出糖。

"你也知道我会不会吃?"爱丽丝惊奇地问。

"如果不知道我就不是先知了。"

"可你已经知道,我又如何进行选择呢?"爱丽丝很郁闷,伸手拿了一块糖。

"你来这儿并非为了选择,你已经选择了。你此行是想了解为何做那种选择。"先知扬起脸,解释道。

"那种选择?"爱丽丝心想自己都不知道什么做了什么选择,扔掉了那只越来越重的小猪——公爵夫人的孩子?离开疯狂的茶点?还是要去拯救锡安?

"那种,"先知又重复了一遍,"那种!"

"那好吧,"爱丽丝说,"我想知道为什么我会在这个奇怪的世界里。"

"你并不是生而就在这个兔子洞中。"先知说。

"唔……当然不是,要是的话,我就不会来找你了。"爱丽丝在先知身边坐下,这是张露天广场上的条椅,有点凉。

"你要做的,就是生出你的父亲。"先知说。

爱丽丝被这话吓了一跳:"我甚至不知道我的父亲是谁。"

"所以你才要生出你的父亲。"

爱丽丝有点晕,一时不知所措。

先知将一块硬糖剥开,放进嘴里,"橘子味……没有人会平白无故地出现在黑客帝国中。"

"兔子洞。"爱丽丝礼貌地提醒道。

"瞧我,"先知自嘲地笑起来,"这就是客串的麻烦,总会将另一部电影的台词带到这一部电影中。"

"这是童话,不是电影,我也不是 Mia Wasikowska。"爱丽丝有点生气,撅起嘴巴。

"可是这不重要,重要的是我们现在坐在这里,谈论你的父亲的事情。"先知说。这是个矮胖的黑人,剪着短发,总喜欢在手袋里放着糖果,或者在厨房里烘焙甜点,当尼奥(我靠,尼奥又跑出来了,关他什么事)第一次去见她的时候,她正在烘焙点心。

"好吧,我父亲。"爱丽丝有点心神不定。

先知又絮絮叨叨地说起来:"没有人会平白无故地出现,总得有一个原因,对吧,你来这里,就是想理解你为什么会在这里,为此,你需要生出你的父亲,这样你才能理解你为何出现在这里。"

"可是我甚至还没有男喷油(朋友)。"爱丽丝犹豫道,摸了摸小肚子。

"唔……这个生不是那个生,我指的是,在你的写作中,你要生出你的父亲——以你的写作方式、精神向度、根性,在指向未来的同时,指向某一个先前的写作者,他可能是西方某位大师或重要诗人,也可能是中国古代或现代某位重要诗人。"先知说。

"写作?我连诗都总是背错,我还写作?"爱丽丝感觉这个先知与帽子匠或三月兔一样疯癫。

"难道我们要谈的不是写作问题?我是先知,我比你还知道你知道,如果预先不知道,我就不是先知了。"先知和蔼地说。

爱丽丝感觉自己要崩溃了，"好吧，写好……写作是好的。"

于是先知继续说："你的父亲也可能是一个时代，一个时代，是的，他不是一个人。你可以在写作中接通某一个时代，中国文学时期那么多，总有一个适合你，对吧？你可以汲取你所选择的那个时代的精神、气质、观看事物的方式、观念……将它们与你生活的这个时代嫁接起来……你知道后现代主义吗？并没有什么新的东西从现代主义那里冲出来，而是一种杂合。"

"那么会是什么结果呢？"爱丽丝晕头胀脑。

"半鹰半狮兽，"先知又加重了语气，"可能会是半鹰半狮兽的模样，请参见第六章《半鹰半狮兽》。"

"又要跑回去。"爱丽丝低声嘟囔道。

"写作有几种时态，一种是朝向未来，那是猫吃蝙蝠式的时间箭头——朝向后现代，另一种是时间箭头向后——生出自己的父亲，还有另一种是永远处于'当下'，绝大多数平庸的写作者，时间即停滞于当下，他们被时间带动，而不是试图超越时间，所以他们一直平庸的。而你，因为不喜欢这种平庸，所以才会出现在这里，与我说这些话。"

"我只想知道如何才回到壁炉面前，烤着火与黛娜、姐姐玩耍。"爱丽丝低着头，低声说，她感觉这先知真八婆,一会儿又是黑客帝国一会儿又是电影一会儿又是写作,她要搞什么东东?

"正因为你要回去,所以你才要生出你的父亲,如果你没有父亲,你如何回去? 所以为了回去,你必须先生出你的父亲。"

"真麻烦,那我不回去了。"

"若不回去你会发疯的,你难以忍受这个平庸而疯狂的时代。"

爱丽丝想想也是。

"可是我如何才能生出我的父亲呢?"爱丽丝想了想,问。

"那你得先找到你父亲。"

"我为了生出我的父亲,先要找到我的父亲?"爱丽丝感觉这像绕口令。

"你越来越聪明了,"先知欣赏地看着爱丽丝,"如果你不知道你的父亲是什么模样,你又如何去生出他!"

"既然我已经找到他,我为什么还要去生他?"

"你找到的父亲不是你生出的父亲,你找到的是他本身,是外在于你的一个目标,与你没有关系,你必须要再次将他生出,他才会成为你的父亲,才会与你有关。"

爱丽丝眨巴着眼睛,似懂非懂。

"你所找到的父亲只是一个参照物,一个幻象,像电池人脑子中的影像一样,只有你将他生出,他才会属于你,对你的写作构成有效的'源头。'"

"源头?"

"也就是说回归传统,所有写作的有效性都要回到传统中去检验,不能构成传统一部分的写作是无效的,那些失去目的性的程序迟早要被删除,或成为流亡的程序。我们的写作为的是什么?游戏?NO,为的是迟早构成传统的一部分,传统是一条伟大的河,传统是源代码。"

爱丽丝为了返回源代码,在一番枪林弹雨的血战之后,用开锁匠的钥匙打开那扇门,进入一个安静的由电脑墙组成的环形房间——环型废墟或曲径分叉的花园,她见到了程序之父或称帝国之父,艾丝丽把他称为"兔子洞之父"。

"你的生命是兔子洞编程过程中一个内在不平衡等式的余数之和,你是一种变异的结果。尽管我付出了最大的努力,也还是未能消除余数,以便实现数学所特有的精准与和谐。虽然那是一个人人避之不及的负担,但也并非出乎意外或是无法控制,这才导致你义无反顾地来到这里。"

兔子洞之父坐在转椅上，手拿着笔，面无表情地说，这是个很帅气的老头，但不可爱，爱丽丝不喜欢他。

"你并没有回答我的问题。"爱丽丝不满意。

"有意思，你的反应比其他的更快。"兔子洞之父盯着她。

"……（其他的，其他的……）"电视壁上闪过一些变异的图像，许多个尼奥在其中嚷道（真该死，知道你基努·李维斯是大帅哥，但就不能安静一下么，退场一下么？现在是爱丽丝时间，又不是你要帅的时候）。

"黑客帝国……OMG，不，是兔子洞，对，兔子洞，比你知道的更古老。我喜欢统计从一个基本变异出现到下一个基本变异的数目，到现在一共有六种变形。"

"（尼奥又嚷起来：'在我前面还有五种，这怎么可能？'）但可能的解释只有两种——要么没人说过，要么没人知道。"爱丽丝说。

"完全正确。正如你的无可置疑的理解，即使在最简单的等式中，变异也是系统形成的波动变化。"

"选择，问题就在于选择！"爱丽丝从右边的门冲出去。

场景再次切换到许多特工史密斯就要出现的广场上，先知说，"变异，你知道的，你所生出的父亲不是原本那个父亲，而是一种变异，因为他的变异，你也才能获得一种变异的存在，就像尼奥的强大一样，他的强大源于变异。"

"他为何再次回到源代码？"

"噢……亲爱的，你要知道，那是一种程序的升级，你若在精神向度上与写作中回到作为你的源代码的那个诗人或时代，你也就在进行源源不断的力量更为强大的程序升级。"

爱丽丝想了想，剥开糖纸。

134

"我想你已经理解，我就说过，你来这儿并非为了选择，你已经选择了。你此行是想了解为何做那种选择。"

"是的，"爱丽丝将糖果放入口中，夏橙味的，"其实我已经知道如何脱离兔子洞，我只是来向你寻求理解。"

第二十二章　爱丽丝的恶搞

恶搞最原始的定义是：将烂游戏认真玩到爆机。当年日本人搞了那么多游戏，里面有许多是超级烂的那种，可是无聊的人远比烂游戏更多，于是，有些无聊人就认认真真地去爆机那些超烂的游戏，以最敬业的精神去做最无聊无趣的事，叫恶搞。

什么叫爆机？或曰：指一款游戏按照游戏进程顺利进行完成所有关卡打出结局，也就是指通关，某些地方叫"翻版",即"stage all clear",最开始爆机是指所有隐藏要素被打出,等级评定达成最高等级的完美通关,但现在普遍被玩家寓意成把游戏玩通一遍即为爆机。

《爱丽丝漫游70后》也就快要爆机了,如果你认真地读到现在,你就是在"恶搞"了。

但是在今天恶搞这个词发生了语言漂移,当你在正经的语境中不正经一下,被认为是恶搞,当你在不正经的语境中正常一下,也就被认为是恶搞,恶搞变成了"反常"——这真是对恶搞的恶搞啊。

爱丽丝也来恶搞一把《爱丽丝漫游70后》,在这本嬉皮笑脸的书里,她或者他决定严肃地来说说这事。

说点什么吗?长诗吧。

爱丽丝认为长诗是70后脱离兔子洞的一条主要路径,原因 A~Z:

A. 长诗是诗人完整表现自己的形式。70后诗人基本以写短诗为主,短诗是什么?是灵感迸发的记录、是即兴的吟咏、是一时的感悟、是片刻的抒情,短诗讲究极端,某个方向的极端,这样短诗才会有力量,就如钻石一样。是的,短诗是钻石。短诗只能表现诗人的某一方面或某些片段。而长诗不同,长诗是一种完整性的表现,它可以全面性地表现诗人的才华高低、技艺的生熟、胸襟的大小、情感的浓淡、境界的深浅、经验的多少。要想完整地展现一个诗人的整体，就必须用长诗的方式来完成，长诗需要诗歌中的所有元素：技艺、情感、知识、经验、学养、结构能力、力量……长诗因而是表现一个诗人的最好方式，如果说短诗是练习曲，那么长诗就是交响乐。最典型的诸如《荒原》，艾略特的此诗使用极多的技法和知识、语言，正是艾略特完整地表现自己的典范。70后诗人可以从长诗的角度去完善自己的写作，只有写作长诗，你才知道自己的写作修养是不是全面。

B. 长诗是一种整合。这里所言的整合不是 A 所言的那些整合，它指的是对上一个写作时代的总结与对下一个时代的开启。长诗是有使命感的诗人才会动用的诗体，它是诗人看清了、分析了、总结了上一个写作时代，对它的言说；也是预知下一个时候，对它的引领，所以长诗是横跨时间分界点、既属于已逝的过去也属于时间尚未展开的那一维。这就是所谓的"整合"。它需要写作的使命感、对历史的胸怀与正确的判断。帕斯的《太阳石》便是对已经逝去的阿兹特克文化的追忆，也是对未来的现代文化的追寻，是对成为往昔的时间的处理，也是对未来时间的启示，它是一种完整的整合，在不同文明的不同时间观的交叉中，重新思考人类原处境与世界的本质。这便是整合的典范。而这种整合的能力，是"返真的一代"的70后诗人所应该有意识地具备的。

C. 长诗创造另一个世界。从现代主义开始，文学进入一个误区：以认识这个世界为主旨。而哲学也进入一个误区：试图重构一个世界。文学承担了哲学的责任，哲学承担了文学的责任，形成可怕的错位。可怕之处在于：哲学试图重构另一个世界，而文学则落入了丧失想象力翅膀的凡尘之中。从现代主义开始，文学总体上变成对现实世界发言的杂文，少了必要的对另一个世界建构的野心与力量。文学的本质是创造另一个世界，这是它存在的最高意义，它是人类的梦想与安慰。从这个意义上讲，长诗正是文学最高的梦想：另一个与现实世界平行的世界。长诗就是另一个有无限可能性的完整世界，是通往那个世界的"虫洞"，而诗人，是那个世界的"程序之父"。《杜伊诺哀歌》是另一个世界，《海滨墓园》是另一个世界，兰波的《醉舟》也是另一个世界，《神曲》与《浮士德》更是完整的另一个世界。短诗只是另一个世界的吉光片羽，只有长诗才是另一个世界的大门或光芒。70后的写作既然返回"真"，那也就应该返回文学的职责本身：对另一个世界的梦想与创造。

D. 长诗的影响力。北岛说："总体而言，我对长诗持怀疑态度。长诗很难保持足够的张力，而那是诗歌的秘密所在。"北岛是一个缺乏写长诗素养的诗人，因

为长诗不是即兴，以他写短诗的方式当然无法保持足
够的张力，长诗费时费力，一部优秀的长诗，往往耗上
数年甚至数十年时间。长诗是强旺的生命力、敏锐的
洞察力、巨大的创造力所凝集而成的结晶，所以其影
响力有目共睹，当我们提到某个大师时，往往不会提
他写过哪首短诗而是提他写过的长诗，大师基本与长
诗是一体的，例如艾略特与《荒原》、《四个四重奏》、庞
德与《诗章》……长诗名成了大师们的另一个名字。
长诗的影响力除了文学史的影响力之外，对后世的写
作亦形成良好的示范性影响，后人学习写作的范本，
往往也会寻找到长诗上去，因为它是一个"源头"，后
来人与诗人精神交集之地。严格说来，没有成功长诗
的支撑，一个诗人是无法对后面的时代形成影响的，
甚至可以这样不严谨地说，没有长诗，就成不了大师。
长诗，是诗歌史长河中绕不过去的礁石。

　　E. 70后缺乏必要的长诗。一个只写作短诗的诗
人，最多只是一个优秀诗人，永远不会是一个完整的
全面的诗人。但70后诗人都钟情于短诗，许多诗人都
尚未写出有影响力的长诗，而致力于写作长诗的诗
人，则少之又少。70后之所以在读者眼中缺少典范性
文本，与这一代人缺少足够的长诗有关系，因为一个
诗人如果没有长诗，当读者谈起他时，会寻找不到一
个目标去谈他的文本——缺少一个稳定性文本目标。

139

写作长诗最好的年龄在三十岁到五十岁之间,这是生命力、创造力、洞察力最高峰的时间段,70后诗人,如今最年轻的也有三十岁,最早的已有四十岁,正是写作长诗的最佳时间段。所以,70后正是写作长诗的时候,通过长诗,个体可以更明晰地被辨认出,也让写作形成一个高峰。虽然说写作长诗是一种从时代与同代人中拔高出来的策略,但也是一个诗人走向高峰的必经之路。

140

F~Z:(欢迎另文添加理由)

所以,70后最终的文本成就,由长诗来决定,当时间的长河从"江间波浪兼天涌"的峡谷中,远距离地流到"江入大荒流"的开阔之地后,回看这一代诗人,吸引目光的将是那些优秀的长诗,因为它们也成了后来者写作的"源头"与"范本"。

从历史来看,或从将来来看,写作长诗正是70后脱离兔子洞的一条个体意义上的正道。

第二十三章 新的美学法则

　　爱丽丝出了兔子洞之后,匆匆就跑掉了,只有她的姐姐面对无限宽阔的大地,知道"一切还是原来那么单调",草叶仍然会在风中飒飒作响,水塘中的芦苇会把水面搅起一圈圈波纹,梦中的杯盘碰撞声,会被现实中的羊铃声取代,王后的惊叫也会变成牧羊童的吆喝声。那孩子的喷嚏声,半鹰半狮兽的尖叫声,还有其他各种奇异的声音,都会换成农忙时节的喧嚣。远处的牛吼取代了那只仿龟沉重的啜泣。

"好吧,我们来谈谈这孩子以后的道路。"姐姐似在自言自语。

"你要先等一下,让我将这饼烤好,快好了。"先知说,她侧坐在烤炉前。

姐姐安静地站在那里。

"花瓶的事不要紧。"先知说。

"什么花瓶?"姐姐疑惑地问道,侧了一下身。

结果,她的侧身将旁边一瓶花拂到了地上,花瓶跌得粉碎。她不知所措地站在那里。

"我说过不要紧,我会让孩子们修好它。"先知说。

姐姐不知道说什么,想了想,说:"我想知道爱丽丝以后的道路。"

"她的道路取决于她如何去看待这个世界,"先知仍然没有起身,坐在那里,"我们不能改变世界,但可以改变对世界的看法,对世界看法的改变也许会带来世界的改变。"

姐姐想起她进门时,客厅里一群小孩在表演不可思议的"幻术",其中一个小孩用意念将汤勺变弯,像一只天鹅在转动它的脖子。姐姐很惊讶地看着这一切,小孩将汤勺递给姐姐,姐姐接过汤勺,试图将它弯折。小孩告诉姐姐:"不要企图折弯汤勺,那是不可能的。"姐姐不说话,那小孩又说话了:"而要尝试着看清真相……真相就是——没有汤勺。改变的不是汤勺，而是你自己。"

　　小孩的话与先知的话怎么那么像？

　　"她从兔子洞里出来，没错，但她在兔子洞中碰到的美学法则，不是她这一代人创造的美学法则，那些美学法则是朦胧诗人、第三代所创造的，以朦胧为美、以撒野为美、以日常为美、以智性为美，一种反传统但又变成传统一部分的审美。而她，没有这一代人的审美，因为这一代人没有创造新的审美法则。"

　　房间里已经弥漫着甜点的香气，姐姐像吃到了点心似的说："审美法则……"

　　"是的，新的审美法则，真正确定一代人意义与价值之所在，便是确立了新的审美法则。你还记得王佐良在《英国诗史》一书中谈过艾略特吗？他认为《J·阿尔弗瑞德·普鲁弗洛克的情歌》中'正当朝天空慢慢铺展着黄昏/好似病人麻醉在手术桌上'这两句，提供了新的审美方式与眼光，因为此前没有人这样写过，它是一种全新的审美法则在诗中的体现。"

　　"也许还有波德莱尔。"姐姐小心翼翼地说，那些碎花瓶还在她脚边，碎了的花香气更为浓郁，花香与甜点的香气杂合在一起。

　　"波德莱尔，"先知站起来，"他定下了整个现代诗歌的基调，他的审丑代替审美，这是他对整个现代诗

歌的新的审美的开启。'魔鬼不停地在我的身旁蠢
动,/像摸不着的空气在周围荡漾;/我把它吞下,胸膛
里阵阵灼痛,/还充满了永恒的、罪恶的欲望……'"先
知吟着《毁灭》中的开头,脸上充满了一种诡异的
表情。

姐姐不由轻打了一个寒战。

"看到了吧,这就是新的审美法则的力量。"先
知说。

姐姐不知道说什么。

"我们知道,每一个时代应该有一些属于这个时代
的新的审美法则,它决定这一代的审美原理,审美眼
光,这些法则,往往由诗人或艺术家奠定。在爱丽丝
这一代,至今仍然没有谁提出制定出新的审美法则,
时代的大陆已经漂移,而审美的眼光仍然固守着旧
日,将以何面对新的时代?"先知说。

"这一代的'美'是什么?"姐姐问。

"这一代的美?什么是这一代的美?你认为是什
么?爱丽丝认为是什么?重要的不是它是什么?而是
你们认为它是什么,这才是最重要的。"先知盯着姐姐
的眼睛。

"没有汤勺,没有汤勺,没有汤勺……"那小孩的话
在姐姐的脑袋中细细地响起。

"深入事物的内部、看见它的真相——哪怕没有真

相,然后,你们就会发现不同于既往时代的美,当你们中的少数智慧者发现那不同于往昔之美时,当他们提出新的美学原则时,新的审美法则就会出现——这一代人也才会最终在写作上得救。脱离兔子洞并不是最后的得救,它只是一种状态,一种中立的状态,不代表它是得救。因为它不是'有'。"先知说,然后转过身去,"噢,点心烤好了。"

她戴上厚厚的手套,拉开烤箱的门,将烤盘拉出来,厨房里顿时溢满了甜美的香气。

姐姐的心情略微好了一点点。

"你将这块饼吃了,心情就会好转。"先知从烤盘中拿起一块饼,递给姐姐。

姐姐接过饼,有点烫手,她并没有放进嘴里,仍然疑惑地看着先知,若有所思。

"我知道你尚有疑问,如何才能完成新的美学法则的制定。"

这的确正是姐姐的疑问。

"如果你喜欢饼的味道,就是亲自去烤,是不是?"先知微笑起来,"这一代人中的某一个人会完成新法则的制定,因为每一代总有一两个承担着神秘使命的人,也许他们自己也不知道自己正在承担着这使命。"

"是爱丽丝吗?"姐姐急迫地问。

"看来你想得到一个明确的答案,但往往不会有明确的答案,事情往往就是这样,不是吗?"先知说。

姐姐想了想,点头。

"重要的不是它是什么? 而是你认为它是什么? 你改变的不是汤勺,而是你自己。"先知说。

"没有新的美学法则等着爱丽丝去制定,但她若是制定了,就有了新的美学法则。"姐姐大胆地说。

"我什么答案也不能给你,事实上,这一切已经很明显……饼很好吃,不是吗?"先知拿了一块放进嘴里。

姐姐知道先知的谈话已经结束,便告辞,走出厨房,走到客厅里,她将那饼放进嘴里,一种全新的味道,她没有尝过的味道,宣告某种新的味觉审美法则的诞生,她的心情果然好了起来。

一切正如先知所言。

第二十四章　当我们谈论 70 后
诗歌时我们在谈论什么

当我们谈论 70 后诗歌时我们在谈论什么？

谈论一些有名声但没有典范性文本的诗人？

谈论一些重新发明轮子的写作？

谈论一个以出生时段为兔子洞的命名？

谈论我们美好的愿望？

谈论下午茶？疯狂的兔子？毛毛虫？尼奥？仿

龟？先知？还是锡安？毒蘑菇？OMG……当我们谈论70后诗歌时我们在谈论什么。

70后若真要构成一个严肃的诗歌命题，至少得完成这一点：提供新的写作方式。

帽子匠问："什么是新的写作方式？"

当议长决定调集所有飞船防卫在兔子洞的船坞时，爱丽丝却决定召集自愿的船长去寻找新的解决锡安危机的办法。当众人要返回锡安支援时，尼奥却决定与爱丽丝驾着一艘船去机器城寻找釜底抽薪的解决之道。因为他们心里还藏着希望与信心。

这就是新的写作方式——不同于既往的仿龟们、毛虫们、国王与王后们、朦胧诗人们、第三代诗人们和打屁虫们所发明的一直沿用的写作方式。

柴郡猫问："如何才能贡献出新的写作方式？"

孟斐斯说："我说你能搞出新方式，你就能搞出新方式。"

崔尼蒂说："你不会挂的，如果你真是70后的救世主，你怎么会挂呢？"

贝亚特丽采兔子说："你要深入这个时代每样事物的兔子洞……糟了，我要迟到了。"

三月兔说："再发明一种写作方式吧。"

"我还一种也没有发明呢，"爱丽丝不高兴地回答，"所以我不能'再发明一种'。"

"既然没有发明,再发明一种很容易,"帽子匠说,"要是比没有发明再少发明一点可就难了。"

先知最后说话了:"如果你们从头到尾读过这本书,当然知道如何才能发明一种新的写作方式:理解你的时代、深入事物、提出新的审美法则,最后才能水到渠成地发明新的写作方式……并且,于个人而言是新的写作方式,于历史而言并不一定是新的写作方式。"

女王:"司令官,要有全面的诗歌史知识与新的眼光,会议到此结束,散会。"

70 后若最后真正成为漫漫诗歌史长河中的一座灯塔,那需要一种或一些由这代人发明的、适合这一代人且影响下一代人的写作方式。写作方式不仅是技艺,它还是看世界的方式与角度、是审美的落实、是语言观念的体现,甚至还是某种价值观。它是人与语言合一的力量场,是主体与客体联系的"虫洞",是世界存在的方式——至少是我们以为它如此存在的方式。

所以当我们谈论 70 后诗歌时,我们将来谈论的应该是一种写作方式。

而这一种将要出现的新的写作方式,又构成了另一个兔子洞,由谁挖出兔子洞?那引领的兔子又是谁?这将是走出兔子洞以后 70 后诗人们最重要也最迫切的一轮竞赛——只有将写作当做文字麻将与意淫工具的反智主义与口水主义的写作者才不会关注。

刘易斯·卡洛尔写道：

> 朦胧间，爱丽丝并没有感到特别奇怪，就连听到那兔子开口说话，她也没有觉得太古怪。那只兔子自言自语地说："哦，天哪！哦，天哪！太晚了，我可要迟到了！"事后，她想起这件事，认为本来应该感到奇怪的，可当时她真觉得没什么不自然。可是那只兔子竟然从背心口袋里掏出一只怀表看时间，然后匆匆离去。

70后的爱丽丝们已经"太晚了，可能要迟到了"，但目前，似乎尚未发现新的兔子洞——新的写作方式的出现。而那只引领爱丽丝掉进兔子洞的兔子，也没有出现。

也许，我们可以将爱丽丝漫游奇境看做是70后诗人们的过去与现在，当他们进入另一个兔子洞里，再回忆那曾经的历史，感觉就像经历了一个神奇的童话。就像刘易斯·卡洛尔在故事的最后写下的那样：

> 最后，她想象着自己的小妹妹将来长大成人，却终身保持着纯真的爱心；许多孩子会围在她的身边，听她讲许多奇异故事，一个个听得眼睛闪闪

发光；她也许会把很久以前这段梦中漫游奇境的故事讲给他们听；她也会跟孩子们分担小小的忧愁，共享单纯的欢乐，因为从这些经历中她能回忆起自己的童年，还有那段幸福的夏日时光。

第二十五章　不是大结局

　　爱丽丝的故事就此结束，看官们可以散场回家喂兔子去，诗曰：

　　　　侯门一别深如海，世间再无爱丽丝。

　　　　宣城太守知不知，今惟自挂东南枝。

　　注：本书所引《爱丽丝漫游奇境记》文字均出自北京燕山出版社 2006 年 6 月第 2 版的《爱丽丝漫游奇境记》，译者为贾文浩、贾文渊。

图书在版编目(CIP)数据

爱丽丝漫游 70 后/梦亦非著. --上海：上海三联书店,2012.1

ISBN 978 - 7 - 5426 - 3733 - 8

Ⅰ.①爱… Ⅱ.①梦… Ⅲ.①诗歌评论-中国-当代 Ⅳ.①I207.22

中国版本图书馆 CIP 数据核字(2011)第 267589 号

爱丽丝漫游70后

著　　者／梦亦非

责任编辑／叶　庆

装帧设计／魏　来

监　　制／任中伟

出版发行／上海三联书店

　　　　　(201199)中国上海市都市路 4855 号 2 座 10 楼

邮购电话／24175963

印　　刷／上海叶大印务发展有限公司印刷

版　　次／2012 年 1 月第 1 版

印　　次／2012 年 1 月第 1 次印刷

开　　本／787×1092　1/32

字　　数／100 千字

印　　张／5.125

书　　号／ISBN 978 - 7 - 5426 - 3733 - 8/I・560

定　　价／25.00 元